KB049913

지금 이 순간,
당신이 가장 소중합니다

지금 이 순간,
당신이 가장 소중합니다

초판 1쇄 인쇄일 2017년 2월 17일
초판 1쇄 발행일 2017년 2월 24일

지은이 종　문
펴낸이 양옥매
디자인 남다희
교　정 조준경

펴낸곳 도서출판 책과나무
출판등록 제2012-000376
주소 서울특별시 마포구 방울내로 79 이노빌딩 302호
대표전화 02.372.1537　**팩스** 02.372.1538
이메일 booknamu2007@naver.com
홈페이지 www.booknamu.com
ISBN 979-11-5776-394-8(03810)

이 도서의 국립중앙도서관 출판시도서목록(CIP)은 서지정보유통지원 시스템
홈페이지(http://seoji.nl.go.kr)와 국가자료공동목록시스템
(http://www.nl.go.kr/kolisnet)에서 이용하실 수 있습니다.
(CIP제어번호 : CIP2017004223)

기타로 노래하는 스님이 들려주는 또 다른 이야기

지금 이 순간,
당신이 가장 소중합니다

종 문 지음

책과나무

우리는 상대의 웃음과
친절한 아침 인사 한마디에도
금세 행복해집니다.

이렇게 행복은
일상 어느 곳에나 있습니다.

우리는 이러한 감동을
모든 이들에게 전해 줄 수 있는
행복한 존재들입니다.

– 본문 글 중 '따뜻한 인사 한마디가 주는 감동'에서

우리는 늘 익숙함에 무뎌져 가지만
문득 익숙함의 소중함을 깨달았을 때는
익숙함의 감정과 대상에게 때때로
말로써 표현하는 것이 필요합니다.

– 본문 글 중 '문득 익숙함의 소중함을 깨달았을 때'에서

고개를 들어 봐요.
존재하는 모든 것들은
인생의 쓰라린 고통들을 감내해 가며
하루를 살아갑니다.

얼마나 감동적인지.
삶 자체가 바로 감동입니다.
그 속에서만 살면 보이지 않아요.

다들 고개를 들고
또 다른 삶의 현장을 보세요.

순간순간이 감동의 물결입니다.
우리는 일렁이는 파도 속의
감동의 결정체로서
오늘도 다이아 같은 눈물을 머금고
진주 같은 땀을 흘리며
순간을 살아갑니다.

– 본문 글 중 '누구도 뿌리내리지 않으려 하는 그곳에서 만나서'에서

내일의 아름다운 꿈을 그리다
김인수(미국 휴스턴 한인 문학 동호회 회장)

내가 알고 있는 종문 스님은 진정 어떤 분일까?

속세를 떠나 불가에 몸을 담고 긴 세월 살아오면서 어떤 사상적 인생철학을 가지고 미래에 대한 청사진을 그리며 사상의 누각을 살아가고 있는 분일까?

어린 나이에 불가에 몸을 담고 긴 삶의 여정을 걸어오면서 자신이 겪어야만 했던 수많은 고통과 고난의 파도와 싸우면서 속세에 두고 온 끊을 수 없는 인연의 끈을 작두 위에 올려놓고 출렁이는 파도를 보며 아파했던 그날의 상처를 가슴에 묻어 둔 채 살아온 고행의 긴 세월 그리고 보상받을 수 없는 그 시간들을 회상하며 걸어온 발자취를 뒤돌아볼 때 가슴 깊은 심연의 골짜기에는 회한의 눈물만 출렁일 뿐, 지난날의 묵은 때를 씻어 버리듯 과거의 아픈 기억을 망각의 세월에 하나씩 던져 버리고 새로운 인생의 비전을 간직한 채 앞으로 자신이 걸어가야 할 길이 어떤 길인지, 참다운 삶의 가치관

이 정립되고 목표가 설정되었기에 내일의 아름다운 꿈을 그리기 위하여 붓을 든 용기에 찬사를 보내고 싶습니다.

아카시아 향기처럼 향기롭고 백합처럼 청초한 종문 스님이 앞으로 살아갈 힘든 사바의 현실에 잘 적응할 수 있을지 염려되기도 하지만 지금껏 불가에서 고행하며 살아왔던 고난의 시간들이 후일 아름다운 꿈을 이룰 수 있는 단단한 초석이 되리라 생각합니다.

풍경 소리조차 들리지 않는 침묵의 회색 공간에서 수많은 시간을 활화산처럼 타오르는 욕망의 불꽃을 잠재우기 위해 긴 시간 인내하면서 살아야 했던 고난의 시간들을 이해하기에 오늘 이렇게 현실의 완문에 선 종문 스님이 한없이 자랑스럽습니다.

바람 불면 날아갈 것만 같은 작은 체구에 삶의 무게를 두 어깨에 걸머지고 광풍 휘몰아치는 먼 길을 걸어올 수 있었던 것은 오직 부처님께서 설하신 오묘한 진리를 조금씩 깨달아 삶에 적응하였기에 현실의 모든 고통 인내하며 살아올 수 있지 않았나 하는 생각이 듭니다.

이제 고난과 시련의 긴 여정을 끝내고 지금껏 꿈꾸어 왔던 무지갯빛 아름다운 꿈과 희망을 하나둘 그려 가는 축복된 삶을 영위하길 축원하며 추천사를 마칩니다.

하늘 냄새가 나는 맑은 글
마가 스님(자비명상 대표)

　시집도 가지 않은 스님께서 시집 같은 책을 내신다고 합니다. 그간 페이스북을 통해 마음속 말들을 마치 그림 그려 내듯 편하고 솔직하고 담백하게 그려 낸 글들입니다. 조용히 세상과 소통하는 종문 스님의 글 속에는 하늘 냄새가 납니다. 물같이 바람같이 살고 있는 수행자의 일상이 묻어 있습니다. 글을 읽으면 수행처에 굳이 가지 않더라도 힐링이 됩니다.

　어지러운 세상,
　종문 스님과 얼굴을 맞대 보지 않으시겠어요?

행복의 길로 인도하길 소망하며
용운(대원회 지도법사)

 글이면 글, 음악이면 음악, 영적 지능이면 지능. 종문 스님은 출가 후 제가 만났던 어떤 스님들보다도 재주가 풍부했습니다. 남들과는 사뭇 다를 수도 있는 어린 시절을 서당이란 대안학교에서 공부를 해왔고, 뛰어난 은사 스님을 만나 일찍 출가했습니다.

 불문에 들어온 후 포기하지 않고 정식 승려가 된 것도 대단한데, 곧 무문관에 들어가 천 일간 장좌불와를 하겠다던 종문 스님이 존경스러우면서도 안타깝게 느껴졌습니다. 저는 종문스님에게 무문관에서 장좌불와 하는 것도 훌륭한 수행이고 깨달음도 좋지만, 고통 속에 힘겨워하는 일반 사람들은 누가 구원하겠느냐고 타일렀습니다.

 아래 시는 당시 종문 스님이 세상 앞에 나와 주길 권유하며 인용했던 것으로, 『삼국유사』의 저자인 일연 스님이 신라 고승 연회를 기리며 쓴 것입니다.

倚市難藏久陸沈 의시난장구육침

囊錐旣露括難禁 낭추기로괄난금

自緣庭下靑蓮誤 자연정하청연오

不是雲山固未深 불시운산고미심

자잣거리에선 어진이 숨어서 오래 살지 못하나니

주머니 속 송곳 끝 같은 재주 감추기 어려워라

뜰아래에 핀 연꽃 때문에 세상에 나왔으니

그가 사는 곳이 구름과 산 깊지 않아서가 아니도다

하지만 저 또한 누군가가 일깨워 주지 않았다면 입산하여
유유자적하는 것만으로도 만족하고 살았을지도 모릅니다.
지금까지 저의 인생에 가장 큰 영향을 주시고 또 저를 삼 년
간 지도해 주셨던 존경하는 스승님께서는 후학 스님들에게
늘 다음과 같이 말씀해 주셨습니다.

　　　"산에서 혼자 도道만 닦고 있으면 아무런 일도

　　　일어나지 않지만, 저잣거리에서는 좋은 일을

　　　하려고 해도 나쁜 일을 하는 것처럼 매도당하

지금 이 순간, 당신이 가장 소중합니다

기도 하고 뭇매도 맞는다. 존경받는 사람이 되면 시기 질투하는 사람도 생긴다. 좋은 사람도 만나지만 정말 나쁜 사람도 만나게 된다. 그럼에도 불구하고 부처님 말씀을 전하는 것이나 보살행을 함에 있어 물러서지 말라."

전도를 향한 큰 서원大願과 존재를 향한 자비의 불꽃은 스승님에게서 저로, 저로부터 종문 스님께로 옮겨졌습니다. 어릴 때부터 쉽지 않은 구도求道의 여정을 펼쳐 왔던 스님이시기에 깨달음이 절절이 담겨 있는 이 책이, 독자 여러분을 비롯한 많은 분들을 행복의 길로 인도할 수 있기를 소망합니다.

누군가의 마음밭에 거름이 된다면

세상에 존재하는 모든 사람들은 매 순간 작가가 되기도 하고, 지금의 인생을 노래하는 시인이 되기도 합니다. 그러다 인생을 그리는 화가가 되기도 하고 때로는 누군가를 치료해 주는 의사가 되기도 하지요. 또 가끔은 누군가의 선생님이 되어 주기도 하며 때로는 누군가의 제자가 되기도 하는 것 같습니다. 그렇게 우리는 겉으론 애써 지정해 놓은 한 가지 옷만을 입고 살아가지만, 사실은 수많은 역할들을 병행해 가며 살아갈 줄 아는 위대한 존재들입니다.

저는 남들이 흔히 말하는 꽃다운 나이 열여덟에 출가하였습니다. 그리하여 승복을 입고 스님이 된 지 어언 8년이라는 세월이 흘렀고, 지금은 꽃피는 절정의 스물다섯을 지나가고 있습니다. 아직도 많이 부족하지만, 8년이란 짧지 않은 그 시간 속에서 승복이라는 한 옷만을 입고 살아오며 느낀 많은 것들이 있었습니다. 번뇌 가운데서 경험한 수많음 속에서 구도 하나만을 부여잡고 살아온 그 세월들을 책 한 권으로 모두 풀어쓰기에는 지나온 그 시간들에 오히려 미안한 마음들이 사뭇 듭니다. 하지만 그렇게 하루하루 살아가며 일기처럼 있는 그대로 진실을 똥 싸듯 써 놓았던 글들이 하나둘 모여 어느덧 책이라는 이름이 되었습니다. 이렇게 매일 똥만 모아다 놓았으니 제 책은 똥통이나 다름없습니다. 하지만 이 글이 어느 누군가의 마음밭에 기름진 거름이 된다면 이는 병든 곳을 고쳐 주는 약이 될 것입니다.

옛날에는 똥 싸듯 후련히 써 놓아진 글들을 보면 제 마음 한편이 시원해지는 동시에 글과 하나가 되는 영혼의 자유로운 해탈감이 느껴지곤 했었습니다. 세상에 나와 읽어 본 수많은 책들 중 법정 스님의 글들이 그러했지요. 소소한 일상과 함께 배어 있는 그분의 심적 에너지가 깊은 공감을 일으키게 하는 동시에 부족한 제 자신을 참 많이 뒤돌아보게 했던 것 같습니다. 그렇게 묵은 똥 싸듯 써 내려가는 글은 사람의 인생을 크게 변화시키는 것 같습니다.

우리가 평생을 살아가면서 자신에게 그러한 영향을 끼쳐 줄 영적 존재로 살아 숨 쉬는 책 한 권쯤 있다는 것은 커다란 축복이자 행운인 것 같습니다. 이 책 또한 어느 누군가에게는 이제껏 짊어진 모든 아픔들이 녹아져 내리는 동시에 묵은 똥 싸듯 시원해질 수 있는 그런 책이 되었으면 좋겠습니다.

2017년 2월 종 문

• 목차

추천사 1 김인수 —————— 6
추천사 2 마가 스님 —————— 8
추천사 3 용운 —————— 9

들어가는 말 —————— 12

1. 긍정

진흙 속에서 피어나는 연꽃 —— 20
하나의 등불 —————— 22
긍정이 가져다주는
일상의 행복 —————— 24
사랑과 행복은 아주
빠른 속도로 전염됩니다 —— 26
미소 지어진 은은한 얼굴 —— 28

2. 기도

기도와 참선은 가장 좋은 묘약 — 32
왜 기도를 해야 하는가 —— 34
믿음과 겸손, 노력과 지혜 —— 38
매 순간순간이 생사 —————— 40
우리가 사는
세계에서의 깨달음 —————— 42
처처 일상의 깨달음 속에서
모든 만물이 행복하기를 —— 44
성스러운 삶 —————— 48
그 속에서 —————— 51

3. 감사

신도님이 건네준
커피 한 잔에 든 향심 —————— 54
은사 스님의
헤아릴 수 없는 마음 —————— 56
몽당연필을 보니 —————— 60
가시고기의 운명 —————— 62
문득 익숙함의 소중함을
깨달았을 때 —————— 64
다시금 아이들에게서
순수함을 배웁니다 —————— 66

4. 밥값

천마 심기 울력 ———— 72

공구리 치는 것도 제각각 ———— 74

수행과 노동이 둘이 아님이라 — 76

뻐꾸기 울거든 심으십시오 ———— 78

한 알의 곡식에도

만인의 노고가 담겨져 있네 — 80

새들 덕에 창호지나

발라야겠습니다 ———— 82

농사는 지극한 정성이 담긴

수행입니다 ———— 84

6. 인내

욕을 잘 받아들일 줄 알면 그것이

바로 보살수행입니다 ———— 96

가끔은 바보 소리 좀 들어도

괜찮습니다 ———— 100

인정하고 뉘우치기 ———— 102

7. 연민

고라니의 눈망울 ———— 106

서울은 인욕 수행의 터 ———— 108

그리운 보살의 눈 ———— 111

이 세상 모든 존재들이 바로

수행자입니다 ———— 112

8. 분노

불살생의 참뜻 ———— 118

화를 다스리면 ———— 120

밝음이 올 때 어둠은 저절로

사라집니다 ———— 122

5. 시련

지나가다 잠깐 쉬었다 갑니다 — 90

짜디짠 물방울 ———— 92

9. 인연

목련꽃이 피는 것을 보고 ——— 128
오늘 하루 선행의 기쁨 ——— 130
믿음이란 ——— 132
키가 작은 사람 ——— 134
어제의 지진이
전해다 준 이야기 ——— 136
살아 있는 모든 존재들에게
친절하기 ——— 140
존재들의 아름다운 인생 공부 – 142

10. 진리

사람의 마음 ——— 146
세상에서 가장 큰 파산 ——— 148
내 마음이 변하면 모든 것이
변합니다 ——— 150
사람들은 누구나 다
그렇습니다 ——— 152
모든 만물들은 하나하나 전부
소중한 존재 ——— 156
우연히 본 글 한 편에 담긴
깨달음의 아우성 ——— 158
가만히 그저 지켜보세요 ——— 160

그 차원에서의 또 다른 깨달음 – 162
인간적인 즐거움 ——— 164
유리잔 안에서 일어난 진리 ——— 166

11. 일상

비움의 공간에 홀로 앉아 ——— 170
세상에서 가장 맛있는 옥수수 – 172
하늘과 바다 ——— 174
차는 말이 없는 고요한 벗 ——— 177
언어가 언어에게 언어를
물었을 때 ——— 178
도시 시내버스와
시골 시내버스 ——— 180
듣기고 싶지 않은 비밀 ——— 182
가까이 그리고 아래로 좀 더
내려가 보세요 ——— 184
백발의 할아버지 ——— 186
지하철에서 만난 관음보살님 – 188
아름다운 '진정한 것' ——— 190

12. 위로

잘하고 있다는 말 한마디가
바꾸는 인생 —————— 194
따뜻한 인사 한마디가
주는 감동 —————— 198
함께 비를 맞아 주는 도반 —— 200

'현생'이라는 길을 걷다 마주친
내가 꿈꾸는 세상 —————— 220
누구도 뿌리내리지 않으려 하는
그곳에서 만나서 —————— 226
연탄 한 장 —————— 230
보살행 —————— 234
당신 —————— 236

13. 사랑

사랑 —————— 204
지금 이 순간, 그 사람이
너무나 소중합니다 —————— 206
무질서 속의 질서 —————— 208

14. 원력

종교의 본질은 평화와
행복입니다 —————— 212
밤이 깊으면 별은 더욱
빛납니다 —————— 214
흐르는 강물처럼 그저 '할 뿐' — 216
최대한의 사랑과
존재에 대한 배려 —————— 218

긍정

진흙 속에서 피어나는 연꽃
하나의 등불
긍정이 가져다주는 일상의 행복
사랑과 행복은 아주 빠른 속도로 전염됩니다
미소 지어진 은은한 얼굴

진흙 속에서 피어나는 연꽃

연꽃이 맑은 고원의 뭍에서 피어나지 않고
오히려 흙구덩이 진흙 속에서 피어나는 이치는
많은 분들이 비유의 덕담으로
한 번쯤은 들어 보셨을 것입니다.

이렇듯 미혹을 떠나 깨달음이 있는 것이 아니라
잘못된 견해나 미혹 속에서
부처님의 씨앗이 생겨나는 것입니다.

그리고 보면 이 세상이 힘들다고
내 탓 남 탓만 할 것이 아니라

적당한 괴로움과 적당한 즐거움이 공존하는
이 세상에 모든 분들께서 인간으로 태어나
이렇게 만나기 어려운 불법 만나 도 닦을 수 있음은
하늘을 덮고도 남을 만큼의 참으로 크나큰 복입니다.

모두가 평온하고 안락하기를 발원합니다.

하나의 등불

하나의 등불이 켜지면
끝없이 다른 등에도 불이 옮겨지듯

부처님의 자비의 등불 또한
사람들의 마음에서 마음으로 불이 붙여져서
영원토록 꺼질 줄 모를 것입니다.

이처럼 내 마음이 밝아지면
내 주위도 함께 밝아집니다.

지금 이 순간, 당신이 가장 소중합니다

세상이 바뀌기만을 바라거나 기다리지 말고
자기 자신을 믿고 꾸준히
인내하고 바뀌도록 노력하다 보면

어느덧 우리가 살아가는 이 세상 또한
안락한 불국토가 되어 있을 것입니다.

긍정이 가져다주는 일상의 행복

아무리 고통스런 일을 겪었다 하더라도
시간이 지나면,

고통의 무게가 덜해지고 심지어 추억도 되고
그것이 공부가 되어 훗날 지도자의 양식이 되기도 합니다.

더 넓은 시야로 세상 사람들이 겪는 고통을
굳이 나의 고통과 비교하자면
이쯤이야 아무것도 아닐지도 모릅니다.

어떤 이는 억울한 누명으로 사형대에 오르기도 하고
어찌할 수 없는 정치적 상황으로 망명한 사람도 있고
사고로 사랑하는 사람을 갑작스럽게 잃은
이런저런 사람들이 다 있습니다.

우리가 모르는 과거에
내가 누군가에게 상처를 줬듯,
타인도 마찬가지입니다.

그렇게 악순환되는 현실에서
현재는 비록 이 고통을 감내해야 할지라도

지금 바로 이 순간부터
긍정적인 행동과 언어로 하루하루를 살아가다 보면
굉장히 놀랍고 또 행복한 미래가 보장될 것입니다.

긍정적으로 살아가는 사람은
어떤 일이 닥쳐오더라도
나 혹은 주위 인연에 의한 긍정의 에너지로
세상을 더욱 아름답게 살아갈 수 있습니다.

오늘 하루도 모든 만물들이
일상이 들려주는 소박한 이야기에 담긴 행복을
깨닫기를 조심히 바랍니다.

사랑과 행복은
아주 빠른 속도로 전염됩니다

사랑에 의미를 두자면
많은 의미들을 함축하고 있겠지만

간단명료하게
우주에 존재하는 모든 만물들이
행복해지길 바라는 마음입니다.

이러한 행복은 다시 두 가지로 나눌 수 있는데
하나는 덧없는 행복
또 하나는 영원한 행복입니다.

덧없는 행복은
완전하지 못한 존재로서 경험되는 행복이며
세상사의 부귀영화를 누리는 것이 이에 속합니다.

또 다른 영원한 행복은
점차적인 수행을 통하여 무명에서 벗어나
영적인 깨달음, 해탈의 경지에 이를 때
경험할 수 있습니다.

우리가 기도를 하거나 명상을 하면서
이와 같은 행복을 함께 바라면
행복과 사랑하는 마음 모두
일체 만물들에게 고스란히 전달될 것입니다.

이러한 마음을 가진 채 일상에 임하여
내 마음에 사랑과 행복이 충만해질 때
주위에도 사랑과 행복이 가득해집니다.

사랑과 행복은
아주 빠른 속도로 전염됩니다.

미소 지어진 은은한 얼굴

요즘은 부산에 볼일이 생겨서
대중교통 이용하는 때가 종종 있습니다.

부산지하철은 출퇴근 시간을 제외하고는
비교적 한산했습니다.

노포역에서 부산역까지
부산역에서 장산역까지
끝과 거의 끝점까지
하루 수번을 오갈 때도 있었습니다.

그 가운데 지나치는 수많은 사람들이 있었는데
사람들을 조심스레 둘러보니
표정들이 각양각색이었습니다.

지금 이 순간, 당신이 가장 소중합니다

인생은 우리가 스스로 창조해 나가는 것입니다.
우리가 어떤 도화지를 가지고 있느냐에 따라서
그려지는 그림 또한 달라질 것입니다.

미소 지어진 은은한 웃는 얼굴에
웃을 일이 저절로 들어온다는 말이 있습니다.
웃는 얼굴에는 침도 못 뱉는다는
말도 있습니다.

진짜로 그렇습니다.
웃을 일 아닌 것 같아 보여도
용기 내어 오늘 한번 웃어 보세요.
마지막으로 미소 지어 본 때가
언제인지 한번 기억해 보세요.

웃으면 웃을 만한 일들이 생깁니다.
뜻밖의 좋은 일들이 자꾸만 생깁니다.

용기 내어 다들 한번 미소 짓고
웃어 보았으면 좋겠습니다.

기도

기도와 참선은 가장 좋은 묘약
왜 기도를 해야 하는가
믿음과 겸손, 노력과 지혜
매 순간순간이 생사
우리가 사는 세계에서의 깨달음
처처 일상의 깨달음 속에서 모든 만물이 행복하기를
성스러운 삶
그 속에서

기도와 참선은 가장 좋은 묘약

기도와 참선은
내 마음을 밝히는 가장 좋은 등불이며,
병든 내 마음을 치료하는 가장 좋은 묘약입니다.

사람의 마음은 한없이 변해 가고,
그 마음 작용 또한 한이 없습니다.

맑고 티 없이 깨끗한 마음에선
그 경계 또한 맑고 깨끗할 것이요,

오염된 마음에선
그 경계 또한 오염된 것으로 나타나게 됩니다.

또한 마음이 흐리면 그 길 또한 평탄하지 않아
자신에게 이롭지 않아 괴로울 것이고,

마음이 깨끗하면 그 길은 평탄하여
매사가 행복할 것입니다.

이와 같이 마음 밖의 경계 또한
마음에 따라 한없이 변화합니다.

이미 수없이 많은 약사들이 약을 드렸는데
약을 먹지 않는 것은 누구의 허물입니까?

왜 기도를 해야 하는가

사람이 살아가다 보면
자신이 원하는 대로만
꼭 상황이 흘러가지는 않습니다.

자신이 이생 전생으로 지어 온 무수한 업들이
정작 내가 가고자 하는 길의
앞을 가로막고 있기 때문입니다.

하지만 자신이 지은 인연으로 닥친
고난과 시련들을 기꺼이 받아들이기만 한다면
그 업만큼은 녹일 수 있기에 전혀 문제가 되지 않지만
대다수의 사람들은 그 시련을 받아들이지를 못합니다.

예를 들어 나는 저 사람에게 악의가 없는데
저 사람은 나만 보면 곤경에 빠뜨리게 하고
이유 없이 나를 미워하여
불이익을 당하는 경우가 있습니다.
납득이 가십니까?

한두 번이 아니라 같은 회사에서
매일 마주친다 할 때 얼마나 괴롭겠습니까?

분명히 이유는 있습니다.

알 수 없는 전생에 나도 그 사람에게 어떤 상황으로건
그와 같은 괴로움을 주었던 적이 있기 때문입니다.

기꺼이 받아들일 수 없다면 기도를 하세요.
하루 단 10분이라도 참회하고 관음기도를 하게 되면
반드시 인생은 놀라울 정도로 달라질 것입니다.

현재 괴로운 사람은 업장을 녹이기 위해 기도를 하고
인생이 즐겁다는 분들도 앞으로를 위해
그리고 매순간 여여하기 위해 기도를 해 보세요.

지금 이 순간, 당신이 가장 소중합니다

또한 무언가 간절히 바라고 원하는 게 있을 때는
날을 잡고 꾸준히 특별 기도를 해 보세요.

기도에는 생각보다 굉장히 많은 것을
변화시키는 아주 큰 힘이 있습니다.

관음기도를 하게 되면 반드시 인생은
놀라울 정도로 달라질 것입니다

믿음과 겸손, 노력과 지혜

믿음과 겸손, 노력과 지혜는
깨달음을 구하는 사람에게 있어
아주 커다란 힘입니다.

이 가운데 지혜가 주된 힘이 되고
나머지는 지혜를 따르는 힘이 됩니다.

진리의 길을 걸어가면서
세상 잡사에 얽매이고 잡담하느라 시간을 허비하며,
잠자는 쾌락에서 헤어 나오지 못한다면
깨달음의 길과는 점점 멀어집니다.

하루 한 가지씩
지혜를 분발하는 행을 하면
우리네 인생도 달라질 것입니다.

또한 더도 말고 덜도 말고
하루 한 번씩만 욕망을 누르고
순간의 쾌락만 좇지 않는다면
아주 큰 변화가 올 것입니다.

매 순간순간이 생사

우리 사람들은 숨이 멎어 버리면 바로 죽습니다.
숨 쉬는 호흡 순간순간이 바로 생사이지요.

하지만 우리는 어쩌면
우리들에게 허락된 시간이
그리 많지 않을 수도 있다는 사실을
수시로 망각하고 살아갑니다.

숨 들이쉬고 내쉬는 호흡 찰나 찰나에
염불을 하시는 분은 염불을
화두참선 하시는 분은 화두를

혹은 자신이 하는
또 다른 인연의 어떤 것이 있으면 그것을.

이렇듯 매순간 알아차리고 하신다면
이 생을 살아가는 내내 그 어떤 한순간도
헛되이 보낸 순간이 없게 될 것입니다.

또한 그 찰나가 바로
불국정토가 될 것입니다.

우리가 사는 세계에서의 깨달음

사람들이 살다 보면
어느 한때는
이 세상이 너무나 환희롭다고 생각하는가 하면

어느 한때는
이 세상이 너무 부질없다는 생각을
가지는 경우들이 있는 것 같습니다.

이 세상일들 만사가 다 의미 없고,
이 사바세계는 오직 혼돈만이 가득 차 있다고 생각하며
멀찍이 깨달음의 세계에서 오는 모든 것은
뜻깊고 환희롭고 경이로운 것이라고
이분법적으로 구분 짓는 것은 어리석은 일입니다.

지금 이 순간, 당신이 가장 소중합니다

이 세상 속에서 살아가는 우리는
일상 찰나 찰나에서
깨달음의 길을 경험할 수 있습니다.

하루 단 10분
정념을 지니어 바른 눈을 키우고
들뜸 가운데서도 이 한 마음 고요하여
성성 적적하게끔 마음 훈련을 한다면

하루 10분이 20분이 되고
20분은 40분이 되고
40분은 1시간이 되어

이것이 모여 일상에서
온전한 참 나로 살아갈 수 있을 때,
우리는 우주와 대자연이 주는
깨달음의 소리를 들을 수 있습니다.

처처 일상의 깨달음 속에서
모든 만물이 행복하기를

이른 새벽 좌선을 하다
창호지 사이로 들어오는 환한 달빛에
눈이 스르르 뜨여 눈을 떠 보니
다리 위로 커다란 거미 한 마리가
성큼성큼 기어오고 있었습니다.

새벽녘 문밖에서 들리는 구슬픈 새소리는
또 어찌나 처량하게 들리던지
새삼 이 생각이 들었습니다.

살아가면서 감사해야 할 일들이 너무나 많은데
그중 하나는 우리가 사람으로 태어난 것이고
이것만 해도 눈물겨운 일인데
불법까지 만났으니 이 얼마나 감사한 일입니까.

이렇게 어려운 사람 몸 받아 태어났으니
사람으로서 할 수 있는 가장 큰 일을 해야 합니다.

바로 나고 죽음의 문제에서 해탈하여
본래부터 성성 적적한 있는 그대로의 본성을
진정으로 깨닫는 것.

하지만 궁극적인 깨달음의 경지에 이른다는 것이
가만히 놀고 앉아 이루어질 수 있는 것은 아닙니다.

책만 읽는다고 해서 공부만 한다 하여
머리로 미칠 수 있는 경지는 결코 아니라는 것이지요.

자신의 인연 따라 깨달음에 이르는
방편은 다를 수 있겠지만

간화선이든 간경이든
호흡명상이든 염불이든
깊이 있고 지속적인 영적 수련을 쌓아 나가

일상에서도 자연스럽게
영적 힘이 스며들 수 있도록 해야 합니다.

우주에 존재하는 모든 만물들은
부처가 될 수 있는 잠재력을 지니고 있지만
노력을 하지 않을 뿐,

지금 이 순간, 당신이 가장 소중합니다

인연 방편에 따라
지속적인 영적 훈련을 해나간다면

누구든 완전한 깨달음의 경지에 이를 수
있을 것 같다는 생각이 듭니다.

오늘도 모든 만물들이
처처 일상의 깨달음 속에서 행복하기를.

성스러운 삶

그렇게 많은 말을 하지는 않습니다.

하지만 해야 될 말들은
어떤 식으로든지 하게 되겠지만
그 말조차도 절제하고 아끼어
쉽게 일을 열지 않습니다.

하지만 말은 많이 하지 않아도
자신이 말한 그대로
언행일치가 되어 살아가는 그런 사람을
우리는 성인이라 부릅니다.

어떠한 탐욕이나 이기심과
미워함에 뜻을 두지 않으며

과거 · 현재 · 미래로 집착하지 않으며
순간을 깨어 있음으로 살아가는
그런 삶이야말로
성스러운 삶이라 할 수 있습니다.

법구경에도 이와 같은 말이 있지만
공자께서도 그러셨지요.

'군자는 행동은 민첩하게 하되
말은 더디게 해야 한다.'

말을 많이 하는 사람들을 보고는
우리는 늘 이렇게 말합니다.

'정말 필요한 말인지 세 번은 생각하고 말하라.'

하지만 이게 더 어렵습니다.
생각에 생각이 따라붙기 때문입니다.
더 좋은 방법은 방편을 일러 주는 것입니다.

언행일치가 되어 살아가는 그런 사람을
우리는 성인이라 부릅니다

'할 말 있거든 참고 아예 하지 말아 보아라.'

말을 하지 말라니
처음에는 성난 코뿔소처럼
펄쩍펄쩍 뛸지도 모르겠습니다.

하지만 아예 하지 않다 보면
생각이 붙지 않게 되며 점차적으로 저절로 안에서
할 말과 하지 않아야 할 말들이 걸러지게 됩니다.

그리고 그 경지에서
스스로 시절의 깨달음을 얻습니다.

지금 이 순간, 당신이 가장 소중합니다

그 속에서

대중 속에서
홀로임을 지켜 침묵할 줄 알고

시끄러움 속에서도
고요함의 눈빛을 잃지 말며

번잡함 속에서
한마음 가지런히 정돈하고

번뇌 속에서도
정념을 잃지 않고 절제할 줄 안다면

곧 내 주변이 평화로워집니다.

3

감사

신도님이 건네준 커피 한 잔에 든 향심
은사 스님의 헤아릴 수 없는 마음
몽당연필을 보니
가시고기의 운명
문득 익숙함의 소중함을 깨달았을 때
다시금 아이들에게서 순수함을 배웁니다

신도님이 건네준
커피 한 잔에 든 향심

오늘 아는 두 분의 신도님께서 왔다 가셨습니다.
손에는 얼음이 둥둥 떠 있는
아이스 아메리카노 두 잔을 들고 절에 찾아오셨지요.

오늘 주지 스님께선 출타하시고
절에 머리 깎은 중이라고는 저 혼자뿐이었지만
시간상 마쳐야 하는 급한 일들이 있어서
그분들 대접을 제대로 하지도 못했습니다.

"얼른 드세요. 스님~"

커피집에서 여기까지 차 타고 30분은 넘게 걸리셨을 텐데
얼음 녹을까 얼른 마시라고 권하시는
신도님의 마음에 큰 감동을 받았습니다.

지금 이 순간, 당신이 가장 소중합니다

오기 전부터 절에 갈 거라고 미리서

"스님들께 커피 드려야지."

이런 향심으로 얼음 녹을까 노심초사하며
차 타고 오신 그분들의 그 마음이
너무나 정성스레 제게 전달되어

사실 목감기로 찬 것을 먹지 못하는 요즘,
아까 전 아이스커피 한 잔을 단숨에 마셨습니다.

방방곳곳에 아무리 맛있는 커피가 있다 한들
오늘 이분들께서 주신 커피 맛에 비할 수 있을까요.

오늘은 그분들의 향심을 마심으로써
더운 오늘 하루도 정진 여일할 수 있었습니다.

은사 스님의 헤아릴 수 없는 마음

중이 된 지 많은 시간이 흐른 것은 아니지만
벌써 8년이라는 세월이 지났습니다.

저는 이제까지 단 한 번도
승복점에서 새 옷을 맞춰 입어 본 적이 없습니다.

사형들이 입다 퇴공하신 옷
혹은 은사 스님께서 입으시고 물려주신
입을 만한 옷들도 많은데

굳이 옷감 낭비 돈 낭비 인력 낭비하여
남들처럼 새 옷을 입어야 할
이유가 없다고 생각을 했었지요.

강원 때는 도반들이
은사 스님께서 이번에는
장삼을 새로 맞춰 주셨다거나
동방아를 해 주셨다 적삼을 해 주셨다
이런저런 소리 참 많이 들어 봤지만

저에게는 한 번도
승복을 맞춰 주지 않으셨던 은사 스님.

사형들 옷은 일일이 맞춰 주시면서도
제 옷은 단 한 번도 새로 사 주신 적이 없으셨습니다.

대신 저희 은사 스님께선
제 옷을 직접 틀질 하셔서 만들어 주셨습니다.

새 옷감을 가지고 승복점에서 돈 주고 맞춘 옷은 아니지만
남이 입다 퇴공한 옷감의 실을 일일이 뜯어내시고는

두루마기, 동방아, 적삼, 고의, 내의
안에서 입는 옷부터 밖에서 입는 옷까지
일일이 바느질하셔서 만들어 주신 은사 스님의 마음.

오늘은 또 낡아진 옷을 기우시려는 듯
벽장에서 재봉틀을 꺼내십니다.

지금 이 순간, 당신이 가장 소중합니다

추적추적 비가 내리는 오늘.
유난히 은사 스님의 마음이
더욱더 감사하고
또 감사하게 느껴집니다.

저희 은사 스님께선 새 옷을
직접 틀질 하서서 만들어 주셨습니다

몽당연필을 보니

오늘 페이스북의 아는 분의 글을 보니
몽당연필 사진이 찍혀 있었습니다.
새삼 연필의 존재가 너무나 신비하고
감사하고 경이롭게 느껴지는 오늘이네요.

연필과는 참 많은 추억이 있습니다.

제가 공부를 할 때도 언제나 연필이 있었고
좋은 시인의 시를 저만의 음악으로 풀고자
작곡을 할 때도 연필을 거쳤고

내 노래를 만들고자
작사를 할 때도 연필이 있었습니다.

지금 이 순간, 당신이 가장 소중합니다

아이들과 산문집을 낸다 하여 글을 낼 때도
연필은 제 곁에 언제나 있었고

요즘은 글을 쓸 때며
공부할 때며 연필 없이 산 적이 없습니다.

연필의 한 획이 거쳐 간 자리는
바로 인생이 거쳐 간 자국입니다.

가시고기의 운명

오늘 아침에 책 한 권을 읽었습니다.
거기에는 가시고기에 대한 글 한 편이 담겨 있었습니다.

가시고기 암컷은 알을 낳고는 어디론가 떠나 버립니다.
그때부터는 오직 수컷이 남아 알을 지킵니다.

자신은 아무것도 먹지 못하면서
알을 먹으려는 침입자들을 물리쳐 가며
굳건하게 지킵니다.

마침내 알에서 새끼들이 탄생하지만
아빠 가시고기는 약 보름간을 기다리며
새끼들이 자라나 밖으로 나올 때까지
여전히 곁을 떠나지 않습니다.

지금 이 순간, 당신이 가장 소중합니다

그러는 사이 아빠 가시고기의 주둥이는 헐어 버리고
몸에서는 비늘이 떨어져 나갑니다.
또한 마지막 새끼가 세상에 나오는 것을
확인하고는 숨을 거두게 됩니다.

여기서 끝이 아니라,
헤엄쳐 다니던 새끼들은
아빠 가시고기의 시신 곁으로 몰려들어
아빠의 살마저 파먹습니다.
아빠는 죽어서까지도
자신의 몸을 새끼들의 먹이로 내어줍니다.

그렇게 자라난 새끼들은
또 자신의 자식들을 위해 희생합니다.
그게 바로 가시고기의 운명입니다.

세상에 자식을 둔 모든 아빠들의 존재가
대단하고 또 존경스럽고
가슴 아프게 사랑할 수밖에 없음을
절실히 느끼게 되는 평온한 아침입니다.

문득 익숙함의 소중함을
깨달았을 때

누군가에게 감사한 마음이
조그맣게라도 생겼을 때

이 감사한 마음이 작다고 하여
말을 하지 않는 것보다는
하는 게 좋습니다.

누군가에게
미안한 마음이 생겼는데

그 미안함의 크기가
주관적인 내 기준에
별것 아니라 생각하여

말을 하지 않는 것보다는
그래도 하는 것이 낫습니다.

또한 누군가와 서로 사랑하여
결혼하고 살지만

그 마음을 당연시 여기어
사랑을 표현하지 않는 것보다는
그래도 가끔은 사랑한다는
말을 해 주는 것이 좋습니다.

우리는 늘 익숙함에 무뎌져 가지만
문득 익숙함의 소중함을 깨달았을 때는

익숙함의 감정과 대상에게
때때로 말로써 표현하는 것이 필요합니다.

다시금 아이들에게서
순수함을 배웁니다

크레파스 통에 정말 많은 크레파스들이 있는데
한 아이에게

'너는 어떤 색을 좋아하니?'

라고 물었을 때
그 아이는 대답을 하지 못할 수도 있습니다.

그건 그 속에
아이가 원하는 색의 크레파스가
없을 수도 있기 때문이지요.

그래도 굳이
어른들은 골라 보라고 억지를 부립니다.

지금 이 순간, 당신이 가장 소중합니다

그러면 아이들은 마치
그 억지에 대답이라도 해 주듯
원하던 것은 아니지만 아주 비슷한,
어쩌면 비슷하지도 않은 색깔을 고르고는
불만족스럽게 '이것'이라고 할지도 모릅니다.

어쩌면 아이는
그 속에는 없었지만
지하철 바닥의 회색과 청록을 섞어 놓은 듯한
애매한 색깔을 좋아할지도 모릅니다.

그래도 아이가 순수하다는 것은
오염되지 않은 채
아닌 것을 아니라고 말할 수 있기 때문이겠지요.

제한되고 고정된 틀 속에서만
무언가 찾으려 하다 보면
무한한 가능성을 가진
모든 인간의 비상한 잠재력들은
천 리 밖으로 도망가 버리고

어느 순간 일상에 묻혀
다른 곳으로는 눈길조차 돌리지 않는
범위 내에 살고 있는
자기 자신을 발견하게 됩니다.

그뿐만 아니라 처음에는
'그것이 아니다'라는 부정을 하였지만

세월의 흐름은 야속하여
이젠 '그것이 맞다'라고
이를 뒷받침해 주는 명분을
기술적인 언어로 잘 승화시켜 내어
자기 합리화를 시켜 버리기도 합니다.

다시금 우리는
아이들에게서
순수함을 배웁니다.

아이가 순수하다는 것은
아닌 것을 아니라고 말할 수 있기 때문이겠지요

4

밥값

천마 심기 울력
공구리 치는 것도 제각각
수행과 노동이 둘이 아님이라
뻐꾸기 울거든 심으십시오
한 알의 곡식에도 만인의 노고가 담겨져 있네
새들 덕에 창호지나 발라야겠습니다
농사는 지극한 정성이 담긴 수행입니다

천마 심기 울력

해마다 참 농사를 많이 짓는데
올해는 처음으로 천마를 시도해 보았습니다.

아침공양 후 바로
이 산 저 산에서 천마를 덮어 줄 낙엽들을
한 트럭이나 끌어 모으고,

우리 처사님은 밭을 갈아 주시고,
은사 스님과 저는 나무랑 나무 사이에
버섯 종자균을 넣고 천마씨를 넣고 난 후,
1차로 흙으로 위를 덮어 주고
2차로 낙엽을 덮고 3차로 흙을 덮었습니다.

잘 자라 주어야 할 텐데······.

아침 7시부터 지금까지 울력을 했더니
배가 살짝 고파집니다.
참 기분 좋은 배고픔입니다.

오늘 하루 밥값은 다들 하셨습니까?

공구리 치는 것도 제각각

산더미처럼 쌓인 흙을
양쪽 등에 짊어도 져 보고
시멘트 40키로도 거뜬히 들어
이쪽저쪽으로 부어다 나르고,

야밤에는 자동차 불 켜 놓으면서
큰 고무 대야에
시멘트 물과 모래 섞어다
공구리 쳐서 미장도 해 보고.

그래도 요즘은
시멘트 대신 흙이 자주 옷에 묻습니다.
도구도 삽과 호미를 주로 사용합니다.

제 몸이 예전에 비해
너무 호강하는 것은 아닌가 싶네요.
그래서 더 약해졌는지도 모르겠습니다.

오늘은 내일 관음재일을 위해
이 산 저 산 쑥 뜯으러 다니다가 고사리도 꺾고
은사 스님께서 시키신 구절초도 도량 곳곳에 심었습니다.

시멘트 공구리 치는 것에도
물과 세면이 있어야 하고 모래도 필요하고
필요에 의해 부가적인 것도 더 필요한데

도량불사에도 이것저것
공구리 치는 게 필요한 것 같습니다.

수행과 노동이 둘이 아님이라

저녁 예불을 하고 내려오니
저 멀리서 개구리 우는 소리가 들려옵니다.

해는 이미 져서
푸르스름한 하늘 아래 잘 보이지도 않는데
은사 스님께서는 아직도
손에는 꽃가위를 드시고는
울력을 하고 계십니다.

낮에 마저 못다 하신 소나무전지.

스님 옆에 살며시 다가가
어두워서 보이지도 않는 잔디밭에 앉아
풀을 뽑아 봅니다.

　　　　　지금 이 순간, 당신이 가장 소중합니다

기도면 기도 법문이면 법문
음식이면 음식 울력이면 울력
뭐 하나 빠지는 것 없이
다 하시는 은사 스님이십니다.

어떻게 보이지도 않는 곳에서
이렇게 다 하실 수 있는지.
정말 천안통이라도 있으신 걸까.

있는 그 자리에서
언제나 화두를 놓지 않으시고
정진하시는 은사 스님을 뵈며
저는 오늘 또 하나 배웁니다.

뻐꾸기 울거든 심으십시오

모든 농사에는 적절한 시기가 필요한 법인데
어제는 고추와 고구마 심기에는
최적의 시기였던 것 같습니다.

비가 와서 밭고랑에 비닐도 고루 덮어 놓아
촉촉함을 아직 머금고 있었고

조만간 비도 온다 하니
고추가 참 좋아할 듯싶습니다.

예전에 농사일을 하나도 모르는 스님이 있었습니다.
마침 농사일을 훤히 꿰뚫어 보는 행자님이
절에 들어와 절의 일을 다 해 주다가
시기가 되어 공부하러 강원에 가게 되었습니다.

지금 이 순간, 당신이 가장 소중합니다

그래서 혼자 남은 행자님의 사형이
"고추 모종은 언제 심으면 되느냐?"
하고 물었더니

행자님은
"뻐꾸기 울거든 심으십시오."
라고 대답했다고 합니다.

행자님이 공부를 마치고 돌아와 보니
고추가 하나도 심어져 있지 않아
그 연유를 물어보니
그해에 뻐꾸기가 울지 않아
사형이 고추를 못 심었다고 합니다.

모든 것에는 시기도 중요하지만
지혜도 필요한 것 같습니다.

한 알의 곡식에도
만인의 노고가 담겨져 있네

올해 첫 콩 수확을 했습니다.
밭이 얄궂게 일궈져서 열릴까 반 의심했지만
자연의 힘으로 산중 암자 대중
먹을 만큼의 콩 수확은 할 수 있었습니다.

콩만 보면
어릴 때 공양 게송을 읊으시던
도솔암 노스님이 생각납니다.

공양 시간에
밥에 든 콩이 먹기 싫어서 투정부렸던 저에게
한 치의 어긋남 없이 근엄한 자세로
경상도 대구 특유의 사투리와 억양으로 말씀하셨지요.

"한 방~울의 물에도 천지의 은혜가 스며~져 있고
한 알의 곡식에도 만인의 노고가 담겨져 있네.
정성으로 마련한 이~ 음식으로 깨끗한 마음
건강한 몸 얻어서 만인을 위해 봉~사하겠습니다.
감사히 잘 먹겠습니다."

우리는 항상 자연의 힘으로
움직이고 먹고 살아가는데

하루 단 한 번이라도
자연의 감사함에 대해 느끼고 살아가는지
생각해 볼 일입니다.

새들 덕에
창호지나 발라야겠습니다

아침 공양 후
문을 등지고 방에 혼자 앉아 있으니
누군가 밖에서
똑똑~ 하며 문을 두드렸습니다.

"네."

대답을 했는데
아무런 인기척이 나지 않아
다시 가만 앉아 있으니
또다시 문을 두드리기 시작했습니다.

"네. 들어오세요."

지금 이 순간, 당신이 가장 소중합니다

그래도 들어오지 않기에
누군가 하여 뒤돌아보니
작은 새 두 마리가
문 위아래로 붙어
창호지를 쪼고 있었습니다.

방으로 들어오려는 것인지
제게 할 말이 있는 것인지
창호지를 뜯어 가려는 것인지는 알 수 없지만

이전부터 문에 구멍이 너무 많이 뚫려 있어
방 안도 너무 잘 보이고
벌레도 많이 들어오던 찰나였는데
마침 잘되었습니다.

오늘은
새들 덕에 구멍 난 창호지나 발라야겠습니다.

농사는 지극한 정성이 담긴
수행입니다

정말 많은 채소들을 밭에서 가꾸고 살지만
매일매일 가서 수확해야 하는 건
아마도 방울토마토 같습니다.

어제 가서 보니
살짝 주홍빛이 나던 아이들이
오늘 또 내려가서 보면
너무 빨갛게 잘 익어 있지요.

아주 깊은 산중에서
읍내 마트 한번 나가는 것도 쉬운 일이 아닌지라
어지간한 채소는 모두 다 일궈 먹고 삽니다.

그리고 법회 때 신도님들 먹거리도
일일이 손수 지은 농작물로 대접해 드리는 것도
대단히 큰 기쁨입니다.

농사란 것이
정말 지극한 정성이 담긴 수행입니다.
밭에 뿌린다 해서 다가 아니라
이미 전년도서부터 준비가 들어갑니다.

전년도에 받아 둔 씨앗으로
겨울 내내 비닐하우스와 방을 오가면서
싹을 틔우기 위해 엄청난 노력과 관심을 기울이고

비록 그 싹을 가지고 농사를 짓지만
그 이전에는 밭에 거름도 잘 섞어 줘야 하고
비닐도 쳐 줘야 하고
준비해야 할 것들이 굉장히 많습니다.

모종을 심어도
중간에 자라나는 잡초도
부지런히 뽑아 줘야 하지요.

마치 우리가 불교에 귀의했지만
매일매일 여기저기서 업습으로 튀어나오는 번뇌를
매 순간순간 정화해야 하는 것처럼 말이지요.

지금 이 순간, 당신이 가장 소중합니다

농사를 짓다 보면
저절로 자연의 소박함과 함께
그 속에서만 배울 수 있는
공부가 보이게 됩니다.

신도님들 먹거리를 손수 지은 농작물로
대접해 드리는 것도 대단히 큰 기쁨입니다

시련

지나가다 잠깐 쉬었다 갑니다
짜디짠 물방울

지나가다 잠깐 쉬었다 갑니다

내가 이 육신을 빌어
밥을 먹고 움직이고
불법을 배우고 또 불법을 전하고.

이 몸뚱이란 존재
참 대단한 님입니다.
얼마 전까지만 해도
매일 천 배씩 절하게 해 준 착한 님이지요.

내 몸뚱이가 아프면
몸뚱이는 쓸모없다 할 것만이 아니라

"아, 내 몸이란 녀석이 좀 아프다 하는 모양이구나.
조금은 쉬어 줘야겠다."

지금 이 순간, 당신이 가장 소중합니다

이런 자비한 마음으로
욕심만 무작정 부릴 것만이 아니라
좀 쉬어 줘야 합니다.

쉴 새 없이 지난 몇 년간을
앞만 보고 달려왔더니
이제 잠깐 쉬어 가란 뜻인가 봅니다.

메니에르 천식 등의 병들이
한순간에 와 버렸습니다.
이젠 이 녀석도 조금씩 배려해 줘야겠습니다.

병원에 몇 주간 입원을 해야 한다 하여
어제 막 입원하고 보니 뭔가 새롭기도 하고.
간호사님들께선 자꾸 피만 뽑아 가 주시고
하얀 약들만 끼 때마다 먹고 나니
버티려 해도 졸립니다.

오늘은 비도 추적하게 내리는데
병상에 앉아 가만히 염불을 해야겠습니다.

짜디짠 물방울

모든 순간이 매번 좋기만을 바란다면
그것은 지나친 욕심입니다.

어릴 때는 그 욕심을 무작정 부리고 살지만
사람이 점차적으로 성숙해 가면서
지난 젊은 날들의 고통 또한 공부였음을 알게 됩니다.

물론 제겐 어린 시절
그런 욕심마저 부려 볼
기회조차 주어지지 않았습니다.

그건 제가 지어 놓은 전생의 과보였으므로
제가 살기 위해서는 어린 시절부터
한 치의 양보도 없이 시시때때로 닥쳐오는

지금 이 순간, 당신이 가장 소중합니다

모든 고난과 역경을 수행으로 승화시키는
저만의 공부법을 터득해야만 했었습니다.

수행자는 기쁠 때도
그 기쁨과 들뜸 속에서 고요함을 유지할 수 있는
자기만의 수행법으로써 자신을 다스리게 됩니다.

하지만 이 먹물 옷이 가끔은 참으로 무겁습니다.
좋은 옷도 아닌데 왜 이리 무거운지
산중에서 더 산중으로 올라가 한참을 앉아 있다
먹물 옷 위로 떨어지는 짜디짠 물방울들에
정신을 차리고 다시금 내려오게 됩니다.

이 짜디짠 물방울들은
제 공부에 또 한 걸음
더 나아갈 수 있게 해 주는
참 고마운 시련입니다.

6

인내

욕을 잘 받아들일 줄 알면 그것이 바로 보살수행입니다
가끔은 바보 소리 좀 들어도 괜찮습니다
인정하고 뉘우치기

욕을 잘 받아들일 줄 알면
그것이 바로 보살수행입니다

한때 캄퉐린포체의 인연으로
티베트 불교에 많은 관심을 가진 적이 있었습니다.

도량 내에 앉아 계셨던 린포체로 인해
굉장히 성스러운 기운들을 느꼈던 그 기억을
아직도 잊을 수가 없습니다.

티베트 불교에는
널리 알려진 수행서들이 굉장히 많이 있지만 그 가운데
톡메 상포 보살의 37가지 보살 수행이 있습니다.
여기에는 이런 구절이 하나 나옵니다.

"사람들이 모여 있는 자리에서
누군가가 당신을 조롱하고 비난하면
그 사람을 영적 스승으로 생각하면서 큰 절을 올려라.
이것이 바로 보살수행이다."

비난받지 않고 완벽한 존재로
살아가는 사람은 세상에 없습니다.

어른들께서도 누군가에게는 존경을 받지만
또 다른 누군가에게는 비난을 사기도 합니다.

달콤한 말은 나를 성장시키지 못합니다.
타인이 해 주는 비난 속에 담긴
진실과 그 본질을 잘 꿰뚫어 내어
자신의 내면을 더욱 성장시킬 수 있도록 노력해야 합니다.

이미 이 길을 걸어가신 뛰어난 수행자들도
모든 욕과 비난을 달갑게 받아들이셨습니다.

욕을 잘 들을 줄 알면
내 그릇이 넓어집니다.

내 그릇이 넓어지면
좁은 그릇으론 담을 수 없었던 것들도
굉장히 많이 담을 수 있게 됩니다.

욕을 잘 듣는 것 또한
보살의 큰 수행입니다.

비난받지 않고 완벽한 존재로
살아가는 사람은 세상에 없습니다

가끔은 바보 소리 좀
들어도 괜찮습니다

사람들은 대개
자극하는 말을 들으면서 자라고
사회에서 커 나갑니다.

하지만 이런 자극에 일일이 반응을 하면
자기만 기분 나쁘고 마음만 아플 뿐입니다.

바보 소리 좀 들으면 어떤가요?
얼간이 멍청이 소리 좀 들으면 뭐 어때요?
여기에 기분 나빠할 필요가 전혀 없습니다.

이런 소리를 듣고도 웃을 수 있음에는
세 가지가 있는데

첫째는 너무 많이 들어서
내성이 생겨 버려 아예 자극을 받지 않는 것.

둘째는 내 마음이 넓어
그저 들리는 그대로도 포용할 수 있는 것.

셋째는 첫째의 경우로 있다가
점차적인 수행으로 후자의 경우로 넘어오는
이 세 가지입니다.

저는 세 번째의 경우입니다.
어릴 때부터 제 잘난 맛에 산 저는
이제껏 많은 스승님들을 뵈었지만
유독 자극적인 말들만 골라서 거침없이 내뱉으시는
두 분의 큰 스승님들 덕분에
콩알만 한 심보가 조금은 커진 것 같습니다.

말에 사로잡히지 말고
흘러가는 말에도 그저 호탕하게
웃어넘길 줄 아는 힘도 길러야 합니다.

인정하고 뉘우치기

자신으로 인해 기분이 나쁘거나
화가 나 있는 상대에게는
굳이 변명이 필요 없습니다.

그저 자신의 잘못만을 인정하고
뉘우치기만 하면 됩니다.

자기 잘못이 아닌 것 같고
상대가 내 마음도 몰라준다고
슬퍼하거나 아파할 필요가 전혀 없습니다.

가만히 들여다보면
그 속에 내 이기심이 존재했기 때문에
상대도 똑같이 화가 난 것입니다.

지금 이 순간, 당신이 가장 소중합니다

상대가 화가 난 까닭에는 모두 이유가 있기에
이때는 변명도 또 다른 해명도 필요 없습니다.

그게 더욱이 사랑하는 사람이라면
그저 인정하고 인내하며 받아들이고
상대의 쓴소리도 달게 들어야 합니다.

한마디 말을 더하면
정말 어긋나 버리고

한마디 말을 아끼면
사랑이 더욱 돈독해질 것입니다.

연민

고라니의 눈망울
서울은 인욕 수행의 터
그리운 보살의 눈
이 세상 모든 존재들이 바로 수행자입니다

고라니의 눈망울

오전에 제사를 지내고
낮에 잠깐 고추밭에 내려갔습니다.

저 멀리서 고라니가
밭에 있는 쑥갓을 뜯어 먹고 있었는데
그 순간만큼은 세상 모든 짐을 덜어 놓은 듯
참으로 평온해 보였습니다.

며칠 전엔 대나무밭에서
시꺼먼 멧돼지도 만났었는데
오늘은 고라니입니다.

저를 보더니
더 깊은 산중으로 멀찍이 사라져 갔습니다.

지금 이 순간, 당신이 가장 소중합니다

도망치던 그 눈망울에서는
동물의 업으로는 어찌할 수 없는
슬픔과 불안이 가득해 보였습니다.

매번은 아니지만
아주 가끔 여기선 큰 소리가 들립니다.

직접 본 바는 아니지만 마을에서 이야기 듣기로는
워낙 멧돼지들이 잘 출몰하고 위험성이 있어서인지
일부는 정부 허가를 받아
동물들과 날아가는 새를 죽이는 듯했습니다.

얼마 전에는 애꿎은 저희 절 전선이 총에 맞아
일부 연결이 끊겨 버렸다고 회사 측에서 그러더군요.

그렇게 살기 위해 먹고, 사람만 보이면 도망치고
사냥꾼에게 발각되면 어려움에 처할 동물들이
아직도 이 숲에는 너무나 많이 살고 있는데……

마음이 아픕니다.

서울은 인욕 수행의 터

서울 사시는 분들이 굉장히 많을 것으로 알고 있지만
산속에서만 살던 제가 아주 간만에
서울에 볼일이 있어 올라가 봤습니다.

서울역에 당도하고 보니
하늘과 땅에서 치솟고 내뿜는 열기와 동시에
각종 차에서 뿜어대는 매연까지 더해지니

이 공간에서 함께 살아가고 있는 사람을 포함한
모든 자연들이 '사실 아프다' 하는 게 느껴졌습니다.

시간상 택시를 타고 서울 아산 병원으로 가는 내내
이렇게 차들이 빽빽 막힌 틈 사이로 기사님이

지금 이 순간, 당신이 가장 소중합니다

이리저리 끼어들기를 20번은 넘게 하신 듯한데
가슴은 또 어찌나 조마조마하던지요.

막상 병원에 가니 거기서부터
시골과는 정말 다른 게 또 느껴졌습니다.
신기한 것도 많이 있었고 처음 보는 물체들도 많았습니다.

나름 경주서 크다고 하는 동국대병원에서
간호사가 노보살님들께 주민번호 앞자리를 물으면
노보살님은 '모른다!' 하는 대답이 전부인데

이런 대형병원에서는 그런 게
전혀 통할 것 같아 보이지도 않았습니다.

또 절차는 어찌나 복잡하던지
동행 없이 간 저로서는 참 어려웠지요.

모든 사람들이 원해서
혹은 원치 않지만 의무적으로
각각의 사연들을 가지고 서울서 살아가지만

다시 경주로 내려오는 내내
눈물 날 정도로 마음 한편이 짠하고 아팠습니다.

얼마나 힘들고 아프게 살아가는 사람들이 많은지
가슴으로 절실히 느끼고
내 자신을 되돌아보게 된 하루였습니다.

멀리서나마 너무나 부족한 제가
부처님께 합장하고
간절히 축원 올리며 기도드립니다.

지금 이 순간, 당신이 가장 소중합니다

그리운 보살의 눈

가끔 마루에 앉아
저기 멀리 보이는 석두산을 바라봅니다.

시선은 그곳을 향하지만
내면의 눈이 향하는 곳은
산등성이로 가장한 보살의 원력일 테지요.

가끔은 사람의 이런 눈이 그리울 때가 있습니다.
자신의 아픔 슬픔을 자비로 감싸 안으면서도
모든 것을 넉넉히 포용하는 그런 보살의 눈 말이지요.

아래로 아래로 그저 낮은 곳으로
흘러 내려가는 강물에
이 마음 고이 띄어 보냅니다.

이 세상 모든 존재들이
바로 수행자입니다

같은 하늘 아래 같은 땅을 밟고
같은 공기를 마시며 살아가는 우리는

실로 수행을 할 수밖에 없는
사바세계의 시절인연에서 지중하게 만나
삶을 살아가고 있습니다.

성직자로 있는 사람뿐만 아니라
이 세상 모든 존재들이 바로 수행자입니다.

각자 자신의 위치에서
모두 인내하고 판단해 가며 살아가고 있습니다.

지금 이 순간, 당신이 가장 소중합니다

우리 눈에는 참 철없다 싶은 사람들도
가만히 그 내면을 들여다보면
나름대로의 인생에서 쓰라린 고통을 경험하고
인내하고 눈물겹도록 부딪혀 가며 살아가고 있어요.

심지어 몸집이 아주 작은 아이들조차도
아이들만의 세계에서 깎이고 부딪히고 상처받고
그러면서도 인내하고 살아가지요.

우리들이 집에서 키우는 강아지도
괴로움이 없지 않습니다.
오히려 더 참고 살아갈지도 모릅니다.

이 세상은 그 자체가 인내하지 않고는
도저히 살아갈 수 없는 구도로 되어 있어요.

쾌락과 성공은 바라지만
고통과 실패는 두려워하는
사랑과 미움이 공존하는
그런 삶의 치열한 현장 속에서도
숨을 쉬고 살아간다는 그 자체만으로도
저는 눈물겹도록 감사하고

그래도 강물 따라 물 흐르듯 살아가는
모든 존재들에게 가슴 아프면서도
따뜻한 위로의 마음을 보내고 싶습니다.

우리는 서로서로
사랑할 수밖에 없는 존재들입니다.

성직자로 있는 사람뿐만 아니라
이 세상 모든 존재들이 바로 수행자입니다

8

분노

불살생의 참뜻
화를 다스리면
밝음이 올 때 어둠은 저절로 사라집니다

불살생의 참뜻

"살생하지 말라."는 지계의 첫 단추입니다.
이는 사부대중이 지켜야 할 가장 근본이 되는 계이고,
살아 있는 생명을 죽이지 말라는 뜻이 담겨져 있습니다.

현대를 살아가는 우리네들의 마음은 조급함과 동시에
현실의 압박으로 인해 더욱 마음이 혼탁해져 가고
이 마음에서는 자연히 분노라는 감정이 자리 잡아져 갑니다.

우리가 가진 이 육신은
하나하나의 세포로 조합되어 있고
아주 미세한 현미경으로 관찰해 보면
그 어느 것 하나도 붙어 있지 않습니다.

우리네 마음에 분노의 감정이 자리 잡아 갈 때

지금 이 순간, 당신이 가장 소중합니다

우리 몸 안에 있는 개개인의 세포들은
하나하나씩 죽어 갑니다.

우리가 쓰고 있는 이 마음들이
이 세포들을 하나하나씩
죽이기도 하고 살리기도 하지요.

즉, 보이는 생명을 죽이는 것만이 살생이 아니라
분노의 마음 또한 살생이 된다는 것입니다.

분노의 감정에서 내쉬는 숨 한 숨 한 숨,
내뱉는 말 하나하나가
미혹의 눈으로는 보이지 않는
우주 만물 속에 살아가는
수많은 세포들을 아프게 하는 것입니다.

이 마음이 살생을 하기도 하고
방생을 하기도 합니다.
오늘 하루는 분노 없는 마음으로
다 같이 평온하고 안락하길 발원합니다.

화를 다스리면

무조건 정확히, 빨리빨리를
지향하는 현대인들에게 있어
자신의 마음을 돌아볼 여유를 가지는 건
굉장히 중요한 일입니다.

이 시대를 태어난 것도
본인이 원해서 왔지만

여하튼 우리들의 인내심이
이전 어른들만 하지 못한 것은
부정할 수가 없습니다.

조금만 누가 나를 건드리면
마음에서 화가 일어나고

누군가 내 자존심을 건드리면 화가 나고
억울하게 당하면 화가 나고
우리 주위에는 화날 일투성이입니다.

하지만 화가 날 때
내 마음을 알아차려 관찰하면
화는 이미 내 공부로 승화되고,
그 마음을 유지하여
참을성 있게 매사에 대처하게 된다면

내가 생각하지도 못한
놀라운 일들이 일어나게 됩니다.

눈 딱 감고 그 한순간 모든 걸 내려놓은 채로
내가 먼저 상대에게 다가가 그 마음을 어루만져 준다면
세상은 상상할 수 없으리만큼 좋아질 것입니다.

하루 24시간 중 단 3초만
그 화나는 마음을 내려놓아 보세요.
그 3초로 인해 세상이 달라집니다.

밝음이 올 때
어둠은 저절로 사라집니다

마음이 밝지 못한 것을 어두움이라고 합니다.
밝지 못한 마음으로 살아갈 때
가장 잘 표출되는 것이 바로 '화'인데

세상 사람들 중에
화내서 행복한 사람은 아무도 없습니다.

화를 내서 이로울 것이 전혀 없기 때문에
가능한 화를 안 내는 것이 가장 좋지만
이건 마치 반사작용과도 같아서
그 순간 이미 존재해 버린 화에 대해서는
알아차리는 것이 순간의 가장 빠른 대처 지혜입니다.

화가 나면 차분해질 수 없고
모든 판단력이 흐려지기 때문에
자신도 모르는 사이

평소 가장 사랑하던 가족이나 소중히 여기는 사람에게
잔인한 말과 더 나아가서는 물리적인 타격을 입히고
사랑하는 사람들에게 씻을 수 없는 상처들을 남기고 맙니다.

화는 일시적인 것이어서
정신 차리고 보면 자신이 화난 순간 했던 행동들 때문에
죄책감이 생겨 너무나 괴롭게 되지요.

평상시 화를 잘 다스릴 수만 있다면
이와 같은 비극적인 결과는 없을 것입니다.

사람은 업습으로 인해
말과 생각과 행동이 이어지게 되는데
화 또한 마찬가지로 습관의 연속입니다.

'화내지 말아야지' 하는 마음은
화를 내지 않음에 별로 도움이 되지 않습니다.

대신 평상시 긍정적이고 평화적인 마음으로
하루 세 번 사랑하는 가족과 내 주위의 모든 사람들과
나를 지탱하게 해 주는 모든 존재들에게
감사의 마음을 가진다면

긍정의 밝은 힘으로 말미암아
어두움은 저절로 사라지게 될 것입니다.

처음엔 다소 어색하더라도
하루가 지나고 삼 일이 지나면
내 마음이 놀랍도록 변하고 있음을 느낄 수 있습니다.

내 마음이 변하면 어두웠던 내 주위가 변하고
내 주위가 변함으로써 세상이 변합니다.
내가 낸 마음이 대우주를 변화시킵니다.

인연

목련꽃이 피는 것을 보고
오늘 하루 선행의 기쁨
믿음이란
키가 작은 사람
어제의 지진이 전해다 준 이야기
살아 있는 모든 존재들에게 친절하기
존재들의 아름다운 인생 공부

목련꽃이 피는 것을 보고

비가 오고 바람 불고
꽃이 피고 낙엽 지는 모든 일들은
연에 의해 생겨나고 연에 의해 멸합니다.

이 몸은 부모를 연하여 태어났고
음식물로 이어지고
이 마음도 경험과 지식으로 길들여지는 것.

꽃피는 연이 모였을 때 꽃은 피어나고
잎이 지는 인연이 모였을 때 낙엽은 지더니만.

시내는 벌써 목련이 피고 지고 벚꽃이 피고 지는데
여기 산중은 이제야 목련이 활짝 피어났습니다.

지금 이 순간, 당신이 가장 소중합니다

아직 벚꽃이 봉오리를 살며시 머금은 걸 보니
여기도 봄은 오는 인연인가 봅니다.

사계절 내내 춥기만 하더니만
그래도 봄은 '봄'입니다.

한창 '봄'.

오늘 하루 선행의 기쁨

착한 마음으로 말하고 행동하면
즐거움이 그 사람을 따르게 되리니
마치 그림자가 형상을 따라다니는 것과 같습니다.

악한 행을 하는 사람은
이 세상에서 악한 일을 했기에 괴롭고
다음 세상에서는 그 악의 과보를 받아
더욱 괴로움에 시달립니다.

반면 착한 행을 하는 사람은
이 세상에서는 착한 일을 했기에 즐거워하고
다음 세상에서는 그 착한 과보를 받아
더더욱 즐겁게 살아갑니다.

오늘 하루도 선행의 기쁨으로.

믿음이란

믿음에 있어 삿된 믿음과 바른 믿음이 있는데
우리는 바른 믿음을 가져야 합니다.

바른 믿음이 있는 사람은
자신 앞에 주어진 어떤 현상이나 소리도
부처님의 가르침이라 여길 수 있는 지혜를 얻게 됩니다.

그렇기 때문에 혹여 무슨 일이 벌어져도
모두가 다 인과 연에 의해 나타나는 것임을 바르게 알아서
시련과 고난을 참을성 있게 수긍하는 미덕을 가지며,
어떤 상황에서도 평온하게 순응하는 능력을 얻습니다.

반면 삿된 믿음이란
자신의 이익만을 구걸하여 부처님을 이용해 욕심을 채워

그 집착에 부응되지 않으면 금세 마음이 바뀌어
스스로의 죄업을 참회하지 않고,
남의 미덕을 보아도 칭찬치 아니하며
부처님을 기쁜 마음으로 한결같이 모시지 않는 것입니다.

바른 믿음을 지니기 위해서는
항상 이생 전생으로
자신이 알게 모르게 지은 죄업을 참회하고
남의 미덕을 보면 진실로 기뻐할 줄 알며,
지극한 마음으로 부처님을 모셔야 합니다.

키가 작은 사람

키가 작아서 어릴 때 항상
책상 첫 번째 자리를 벗어나지 못했던 기억이 납니다.

하지만 키가 작은 것도 모두 인과응보라
그 얘기를 해 드리려 합니다.

철없던 천방지축 꼬맹이 시절부터의 인연으로
지금도 늘 챙겨 주시고
제게 언제나 가르침을 전해 주시는
큰스님께서 한 분 계십니다.

가끔 하시는 법문 중에 사람이 키가 작은 이유는
아상, 아만, 아집이 너무 강해서 그렇다고 하십니다.

지금 이 순간, 당신이 가장 소중합니다

전생에 아상, 아만으로
얼마나 많은 사람들을 누르고 다녔기에
이렇게 작을 수가 있냐고 하셨습니다.

돌이켜 보면 저도 어릴 때 똥고집으로
어른들을 너무나 힘들게 했던 기억이 납니다.

사람 누르던 그 습으로 인해
이생에 제가 키가 작게 태어났습니다.
그래서 제가 알게 모르게 지은 죄업을
예불 시간마다 부처님 전에 늘 참회하며 절합니다.

키가 작다고 남 탓 원망 말고 부모님 원망 말고
내 키가 작은 이유를 스스로 돌이켜 보고 참회하면
그 누구든 키는 작아도
맘은 더 높고 넓고 커지지 않을까요.

앞으로도 부지런히 정진하고
또 정진하여야겠습니다.

어제의 지진이 전해다 준 이야기

우리가 살아가면서
자연에 대한 감사함을 얼마나 잊고 살았는지,
이 생명의 소중함을 얼마나 외면하고 살아왔는지는

자신이 실제 생명의 위협을 받을 때
그 절박한 마음이 작용하게 됩니다.

어제는 규모 5.0의 지진이 일어났습니다.
사람들은 이 지진으로 인해 굉장히 놀랐었고,
자연이 갑자기 일으키는 분노에
어제 하루 제대로 주무시지 못하신 분들도 계셨습니다.

이럴 때는 우리의 목숨이 위협받고 있으니
살고 싶다는 간절한 마음과 동시에

지금 이 순간, 당신이 가장 소중합니다

사랑하는 주위의 가족을 잃을 수도 있다는
슬픔에 빠지는 경험을 제대로 하게 됩니다.

그러나 애석하고 어리석게도
간절함은 그 순간일 뿐,
한 번의 소나기가 지나가고 해가 뜨면
그때의 간절함을 대부분 잊어버리지요.

그리고 같은 일이 재차 반복되면
그제야 또 정신을 차립니다.

우리 또한 자연의 한 조합물로서
뇌가 움직이고 감정이 있는 사람이라면
적어도 예의염치를 가지고 부끄럼을 느끼고
참회할 줄 알아야 합니다.

자연은 엄연히 우리의 소유물이 아니며
우리는 오래 살아야 기껏 100년을 살고
또 다른 후세에 그 자연을 물려주어야 할 책임이 있습니다.

물론 돌고 도는 인연법에 의해
그 후세라 함은 우리들 자신이 되기도 합니다.

그렇게 자연은 우리 인간들에게
조건 없이 가져다주고 베풀어 주는데

우리는 이걸 당연시 여기어
틈만 나면 자연을 짓밟았고,
지금은 더 이상 회복될 수 없을 정도로
자연은 아파하고 있으며
더군다나 말없는 침묵의 분노를 가지고 있습니다.

그리고 그 침묵의 분노가
어떤 식으로 시절인연이 닿아
인간들에게 그 인과법칙을
제대로 알려 줄지는 모르겠습니다만

한 가지 확실한 건
우리가 아직 받지 않은
자연에 대해 몹쓸 짓한 그 과보를

지금 이 순간, 당신이 가장 소중합니다

수차례 더 겪게 될 것이란 것입니다.

예전 석가세존 당시
수많은 사람들이 싸움으로 인해
수많은 종족들이 죽임을 당하는 일이 있었지만
부처님께서는 인과는 어쩔 수가 없다고 하셨습니다.

같은 하늘 아래 살아가는 동업중생 모두
더 이상 자연을 짓밟지 아니하고

설사 미물일지라도
나와 한 생명이라는 마음으로
소중히 여겨야 합니다.

자연은 엄연히 우리의 소유물이 아니며
후세에 그 자연을 물려주어야 할 책임이 있습니다

살아 있는 모든 존재들에게
친절하기

달라이라마 존자님은 평소
"나의 종교는 친절함이다."
라는 말씀을 자주 하십니다.

친절함을 삶의 중심부에 놓고 판단할 것이며
친절함이 곧 모든 종교의 본질임을 강조하십니다.

아주 소박한 마음으로

"오늘 하루는 어느 누구에게나 웃어 주고
친절을 베풀며 어려운 이들을 돕자."

지금 이 순간, 당신이 가장 소중합니다

라는 친절의 파장을 일으키면
곧 내 주위에 믿을 수 없는
놀라운 일들이 서서히 일어나게 됩니다.

타인에게 친절을 베풀 때 얻게 되는 내적 행복은
세상의 그 어느 것과도 비교할 수 없을 만큼
아주 큰 행복임을 깨달을 수 있습니다.

옷깃 한 번 스치는 것도
대단히 지중한 인연인데

오늘 하루 만나게 되는
모든 우주 존재들과 친절을 주고받는다면

내 마음 행동 하나로 인해
이 세상은 더욱 살기 좋고 아름다워질 것입니다.

존재들의 아름다운 인생 공부

어떤 이는 봉사하는 삶으로 생의 가치를 두고
또 어떤 이는 대통령을 목표로 삶을 살아갑니다.

어떤 이는 교육자의 길을 택해 묵묵히 걸어가고
또 어떤 이는 목욕탕의 때 미는 일로 직업을 가집니다.

누구는 국가대표 운동선수를 꿈꾸며 최선을 다하고
누구는 시장에서 장사함에 더없는 행복을 느낍니다.

어떤 이는 병을 고치는 의사로서 자부심을 느끼고
어떤 이는 어부로서 바다를
행복의 터전으로 안고 살아가지요.

지금 이 순간, 당신이 가장 소중합니다

그 어떠한 것도 높고 낮음 없이 이 세상 이 시대에
제각각의 역할로 이 세상에 필요할 뿐입니다.

모두가 벼슬길 나아가 출세하길 원한다면
농사일은 누가 할 것이고 농부는 또 누가 되겠습니까.
그렇게 된다면 우리 몸을 지탱해 주는
쌀과 밥은 어떻게 생산되겠습니까.

생명이 있는 모든 존재들은 각자의 자리에서
저마다의 아름다운 인생 공부를 하며 살아가고 있습니다.

세상에 공부하지 않고
배우지 않는 존재들은 아무도 없습니다.
그렇기에 모두가 소중하고 귀한 존재들입니다.

진리

사람의 마음
세상에서 가장 큰 파산
내 마음이 변하면 모든 것이 변합니다
사람들은 누구나 다 그렇습니다
모든 만물들은 하나하나 전부 소중한 존재
우연히 본 글 한 편에 담긴 깨달음의 아우성
가만히 그저 지켜보세요
그 차원에서의 또 다른 깨달음
인간적인 즐거움
유리잔 안에서 일어난 진리

사람의 마음

사람의 마음은 언제나
구하는 쪽으로 기울여지게 마련입니다.

죽고 사는 것을 넘어서
깨달음을 이루고자 기도하는 사람과

항상 마음속에 선함을 생각하는 사람에게는
언젠가는 반드시 깨달음이 다가서기 마련이지만,

탐욕을 생각하거나 분노를 생각하면
끝없는 탐욕의 마음, 성내는 마음이 더욱 강해지고

지금 이 순간, 당신이 가장 소중합니다

부질없이 어리석은 일들을 생각하면
그 마음만 더욱 커지기 마련입니다.

항상 마음속에 구도의 마음을 가슴에 품고선
모든 존재가 평온하고 안락하기를.

부질없이 어리석은 일들을 생각하면
그 마음만 더욱 커지기 마련입니다

세상에서 가장 큰 파산

돈과 물질 명예가 아무리 많고 높다 한들
자기 목숨을 그것과 바꾸는 사람은 아무도 없습니다.

부귀영화 다 준다 한들
정작 내 목숨이 붙어 있지 않으면 무슨 소용일까요.

감당할 수 없는 빚더미에 앉게 되고
가진 돈 하나 없으면 흔히들 파산했다고 하여
낙심을 하고 힘겹게 하루하루를 살아가는데

사실 이보다 가장 큰 파산을 낸 사람은
바로 스스로가 부처임을 망각한 채 살아가는 사람입니다.

우리는 알게 모르게 지은 업들이 굉장히 많습니다.
이생에 드러나는 파산 또한
내가 지어 놓은 업의 드러나는 한 현상 중 하나일 뿐.

스스로가 부처임을 깨달을 채 살아간다면
그 어느 것에도 걸림이 없게 되고
그 자체만으로도 세세생생 지어 놓은 숙업들이 소멸되어
알게 모르게 진 빚들이 사라지게 되고,
영원한 무상보리를 얻을 수가 있습니다.

내 마음이 변하면
모든 것이 변합니다

사람들은 누구나
자기 마음 상태에 따라서 사물을 다르게 봅니다.

분명 같은 사물을 보고 있음에도 불구하고
어떤 이는 아름답다 생각하고 보는가 하면
어떤 이는 더럽다고 보기도 합니다.

불법의 가르침을 존중하고 마음이 청정한 사람은
나무나 돌을 보고서도 빛남의 광채를 볼 수 있는 반면,

탐욕이 많아 자신을 억제할 줄 모르는 사람은
아무리 멋진 경관과 아름다운 보물을 보여 주어도
그게 보물인지 알 수 없을뿐더러
그 훌륭한 장관을 볼 수도 없습니다.

이것은 모두
마음의 상태에 달려 있습니다.

내 마음이 변하면
모든 것이 변합니다.

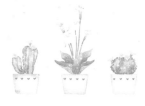

사람들은 누구나 다 그렇습니다

우리는 매일 같이 수많은 인간관계 속에서
스스로 번뇌를 일으킵니다.

사람마다 성격과 기질이 서로 다르고
그중에는 나와 비슷하다는
동질감이 느껴지는 사람이 있는가 하면

어느 누군가와는 별로 가까워지고 싶지 않아
거리를 두게 되는 사람도 있습니다.

그러한 마음이 일어나는 이유는
바로 관계의 중심을 나 자신이 아닌
상대방에게 두고 있기 때문입니다.

지금 이 순간, 당신이 가장 소중합니다

오로지 상대방에게만 문제가 있고
그들만이 바뀌어야 한다고 여길 뿐

그런 편견을 가지고 바라보는 내 자신의 관점에는
아무런 문제가 없다고 생각하는
이기심에서부터 문제가 시작됩니다.

스님들도
그러한 관계 속에서 살아갑니다.

저도 매일 그러한 관계 속에서 살아갑니다.
하지만 누군가 눈살 찌푸릴 행동을 하면

'사람은 누구나 다 그래.'

라고 그저 편하게 생각하면 그만입니다.

그 마음이 일어나면 그 자리에서
바로 알아차리고 멈추는 연습을 해 보시면
생각보다 놀라운 일들이 순간순간 찾아옵니다.

이 세상 존재하는 모든 만물들은
나처럼 행복을 원할 뿐,
불행은 원하지 않습니다.

모두 나와 같다는 생각을 가지고
상대의 내면도 존중해 준다면

지금 이 순간, 당신이 가장 소중합니다

그 자리에는 편견과 반감은 사라지고
더욱 돈독하고 끈끈한 연대감들이
자리 잡을 수 있을 것 같습니다.

모든 만물들은
하나하나 전부 소중한 존재

사랑이란
모든 만물들이 행복하길 바라는 마음이고

자비란
모든 사람들이 고통에서 벗어나길 바라는 마음입니다.

유독 자기 자신에게만은
이런 마음을 베풀지 않는 사람을 우연히 보게 되었는데

타인을 사랑하기에 앞서 자신을 사랑하지 않으면
자기 부정과 자기 비하에 빠져 버리고 맙니다.

자만 의식도 위험하지만
더 위험한 것은 바로 자기 부정입니다.

지금 이 순간, 당신이 가장 소중합니다

행복해야 하는 순간임에도 불구하고
삿된 죄의식에 사로잡혀
기쁨을 슬픔으로 부정해 버리고 말지요.

나란 존재는 타인에 비해 더 하찮은 존재도 아니고
그렇다고 더 위대한 존재도 아닙니다.

그렇기에 몸과 마음으로
인류의 행복을 진정으로 소망한다면
나 자신도 반드시 그 속에 포함시켜야 하며
똑같이 사랑과 자비를 베풀어 주어야 합니다.

처음에는 이런 시도 자체가 어려울지라도
매사 긍정적으로 생각하는 마음을
한 현상에 대해 하루 한 가지씩만 노력한다면
곧 마음이 변화될 수 있습니다.

우연히 본 글 한 편에 담긴
깨달음의 아우성

어제 우연히 글을 한 편 보게 되었습니다.
어떤 분께서 올리신 글이었는데
한 번 보고 그냥 지나칠 수가 없어
자꾸 보게 된 글이었습니다.

처음 볼 땐
'아주 세속적이구나.'라는 생각이 강하게 들었는데
아무래도 그것이 걸렸던 모양인지
다시 한 번 글을 보게 되었지요.

그러고 나니 두 번째 볼 때 세 번째 볼 때
글에 대한 느낌이 더욱 달라지게 되었습니다.

지금 이 순간, 당신이 가장 소중합니다

한 가지 힌트를 얻고 나서
다시금 그 글을 보게 되었는데
그것은 정말 중생들의 아픔을 향한
보살의 간절한 글임을 알게 되었습니다.

속세적 단어에 묶이어 편견을 가지고
그 글을 바라봤던 제가
참 부끄럽게 느껴지기도 했습니다.

처음엔 나의 교만함으로 시작되어 해석되었던 그 글이
지금 제겐 무한한 깨달음으로 다가오고 있습니다.

우리네 인생도 마찬가지입니다.

교만과 자만으로 눈에 들어오지 않았던 무언가들이
지금도 무한한 깨달음으로
다가올 준비는 언제나 되어 있습니다.

한 생각 변하면 세상이 변합니다.
주위를 둘러보세요.

가만히 그저 지켜보세요

법정 스님 생전에 하신 말씀 중에
이런 구절이 있습니다.

"행복할 때는 행복에 매달리지 말라.
불행할 때는 이를 피하려고 하지 말고 그냥 받아들여라.
그러면서 자신의 삶을 순간순간 지켜보라.
맑은 정신으로 지켜보라."

모든 생명체 세포 하나하나가 얼마나 신성한 것인지
자연과 벗 삼으면 더욱 절감하고 느끼게 됩니다.
그중에 인간이란 존재는 참으로 경이롭고 대단하지요.

하지만 가끔 인간이 범하는 오류 중 하나는
행복할 때는 그저 그 행복에 집착을 하여 매달리고

지금 이 순간, 당신이 가장 소중합니다

불행한 순간이 닥쳐오면 불행의 늪에 한없이 빠져들어
자신의 존재를 우울함에 가두는 것입니다.

행복할 때는 행복한 순간을 알아차리고
괴로움을 느꼈을 때는 그저 괴로움도 느껴 보세요.

그러다 보면 감정을 다스리는 내성이 저절로 생겨나
어떠한 경우에도 여여해질 수 있게 됩니다.

또한 무언가를 판단해야 할 때
올바른 판단이 서지 않는 순간에는
흘러가는 상황을 가만히 지켜보세요.

지혜롭게 그 순간, 해야 할 일은 해내고
시간을 두고 지켜봐도 되는 것은 성급히 판단 말고
가만히 내면에 귀 기울여 보며
외면의 현상에 무심히 대하다 보면
답은 저절로 당도해 있을 것입니다.

그 차원에서의 또 다른 깨달음

살다 보면 뜻밖의 인연들로 인해
기뻐하고 행복해하고 때로는 슬퍼하고 그리워하게 됩니다.

기쁠 때는 기쁜 그 감정을 만끽하기도 하고
혹은 들뜸을 알아차려 보거나
혹은 알고도 이 감정 있는 그대로 느낀 채
모른 척 눈감아 주기도 합니다.

하지만 슬플 때는
그 슬픔에 깊게 사무치게 되지요.

슬플 때는 억지로 참지 말고
그 아련한 슬픔에 사무쳐 보는 것도 괜찮습니다.

감정의 변화에 귀를 기울인다는 것은
사치도 아니고 번뇌 망상도 아닌
공부의 한 연속 과정입니다.

하지만 마냥 슬픔에만 머물러 있다면
이는 고통이 됩니다.

늘 자신의 감정 변화에도
귀 기울이고 알아차려 본다면
그 속에서 그 차원에서만 느낄 수 있는
또 다른 깨달음이 있습니다.

인간적인 즐거움

조그만 즐거움을 버려서
큰 즐거움을 얻을 수만 있다면
현명한 사람은 미련 없이 한 생각 돌이켜
조그만 즐거움을 과감히 버릴 것입니다.

하지만 그 큰 즐거움을 알기 전
거쳐야 할 과정은
그 조그만 인간적인 즐거움도
같이 알아야 한다는 사실입니다.

지극히 일시적이고 사소하고 하찮게 보이는
울고 웃는 인간사의 즐거움에서의 진리도 볼 수 있어야
큰 즐거움도 자각할 수 있을 것입니다.

하지만 가만히 잘 보면
인간사의 즐거움도 꼭 일시적인 것만은 아닙니다.

우리 정신이 변하면
보는 눈도 변하고 맙니다.

우리 스스로가 진리라면
보이는 세상 또한 모두가 진리입니다.

유리잔 안에서 일어난 진리

예쁜 유리잔이 하나 있는데
그곳에 맑고 투명한 물이 가득 담겨 있었습니다.

여기에 누군가가 커피 원액 한 방울을 떨어뜨리니
안주 연한 갈색이 되었습니다.

여기에 커피 한 방울이 아니라 수십 방울을 떨어뜨리니
물은 금세 검은색으로 변해 버렸습니다.

지금 이 순간, 당신이 가장 소중합니다

이전에 투명했던 물은 소멸된 것이 아니라
어떠한 외부적 요인에 의해 검은 물로 변화한 것입니다.

이 안에 불법이 있고 진리가 있습니다.

이전에 투명했던 물은 소멸된 것이 아니라
어떠한 외부적 요인에 의해 검은 물로
변화한 것입니다

11

일상

비움의 공간에 홀로 앉아
세상에서 가장 맛있는 옥수수
하늘과 바다
차는 말이 없는 고요한 벗
언어가 언어에게 언어를 물었을 때
도시 시내버스와 시골 시내버스
들키고 싶지 않은 비밀
가까이 그리고 아래로 좀 더 내려가 보세요
백발의 할아버지
지하철에서 만난 관음보살님
아름다운 '진정한 깃'

비움의 공간에 홀로 앉아

모든 만물들이 서로 부대끼고
더불어 이 세상을 살아가다 보면
이전에는 미처 생각치도 못한 일들이
하룻밤 사이에 내 앞에 당도해 있습니다.

때로는 그 현상에 대해
알 수 없는 곳에서
타인을 이해시키려 하기도 하고

내가 알고도 모르는 곳에서 온
익숙하고도 낯선 손님을
설득시키려 하기도 합니다.

지금 이 순간, 당신이 가장 소중합니다

그러한 와중 곤하여 잠들기도 하고
끝으로 생각을 많이 하게 되는데

뜨지 않은 눈 사이로
비움의 공간에 홀로 앉아 있는
내 모습을 발견하였습니다.

오늘은 우주 안에
빈 공간을 하나 만들어
그 속에 무심히 들어가 앉아 봅니다.

생각의 끝과 끝점이 만나는 장소에서
오늘 새벽이 밝아져 왔습니다.

세상에서 가장 맛있는 옥수수

오늘 이른 새벽, 방문을 열고 나가니
제일 먼저 저를 맞이해 주던 게 옥수수였습니다.

여름에는 옥수수
늦가을에는 곶감
겨울에는 메주

어제는 옥수수를 따다가
내년에 심을 옥수수 씨를 만들기 위해
좋은 것만 골라서 처마 끝에 매달아 놓았습니다.

같은 자리에
가을에는 떨어진 감들 주워다 깎아서 매달고

겨울에는 메주를 매달아
몇 년 내내 두고두고 먹을 된장도 만듭니다.

이런저런 옥수수 맛있다고들 하지만
세상에서 가장 맛있는 옥수수는
밭에서 갓 따와 그 자리에서
식구들과 바로 삶아 먹는 옥수수입니다.

어제는 세상에서 가장 맛있는 옥수수를
부처님께 올리고 먹었습니다.

하늘과 바다

얼마 전,
친하지만 너무나 존경하는 도반 스님 한 분과
포항 바다에 다녀왔습니다.

하늘은 맑았고 바다는 푸르렀으며
거리는 한적하였습니다.

맑디맑은 바닷물과
넓디넓은 하늘을 바라보고 있노라니

우주 대자연의 잔잔하면서도 애잔하고
또한 무심한 듯 무덤덤하면서도
거친 그 숨결을 오로지 나라는
이 우주 존재 속에서 느낄 수 있었습니다.

지금 이 순간, 당신이 가장 소중합니다

지금 이 시대 이 하늘, 같은 공간 속,
정해 놓은 같은 시간이란 개념 속에 살아가는 우린
저마다 각자가 너무나 소중하고 행복한 존재입니다.

우리를 감싸 도는 이 우주 자연을 사랑하다 보면
우주 자연 속 존재하는 모든 만물들이 우리를 도와줍니다.

우린 서로가 다르다는 착각 속에 살아가지만
가만히 우리 내면을 고요히 살펴보면
전체가 본디 일체임을 느낄 수가 있습니다.

바다 길을 따라 걸어오는 길에
스님께 한마디 했습니다.

"스님은 하늘 하세요. 저는 바다 할게요."

어찌 보면 유치하게 들릴지도 모르는 말이지만
하늘과 바다가 주는 무언의 소리를 들으면
우리는 그 자리에서 하늘이 되고 바다가 됩니다.
우리 모두가 그랬으면 좋겠습니다.

지금 이 순간, 당신이 가장 소중합니다

차는 말이 없는 고요한 벗

차는 말이 없습니다.
그렇다고 의미가 없는 것은 아닙니다.

평소 몸이 냉하여 잔병을 앓았던 저는
오는 봄마다 직접 덖은 쑥차를 꾸준히 마심으로써
병이 병 아님으로 바뀌었던 때가 있었습니다.

차에는 참 많은 이름들을 붙일 수가 있는데
제게 차는 병을 고쳐 주는 돈 받지 않는 의사이자
끊임없는 꾸준함을 요하는 부지런함이자
때로는 고요한 침묵을 선사해 주는 말없는 벗입니다.

차는 말이 없지만
차향에는 무언의 소통이 있습니다.

언어가 언어에게 언어를 물었을 때

누군가 제게 물어봅니다.
우리가 평소 즐겨 쓰는 단어들의
의미에 대해서 제게 질문을 합니다.

"인내란 무엇입니까?
처신은 무엇입니까?
중이 된다는 것은 무엇입니까?"

제가 대답했습니다.

"인내란 배려이고
처신이란 분수를 아는 것이고
중이 된다는 것은 바로 바다입니다."

지금 이 순간, 당신이 가장 소중합니다

하지만 정답은 없습니다.

다만 인연 따라 언어라는 틀 속에 담긴
이 거대한 덩어리들을 대하는
자신의 마음만이 각각 다를 뿐입니다.

저는 지금 바다 근처에 있습니다.
그리하여 바다라는 말을 내뱉었지만
만일 산에 있었더라면 산이라 했을 수도 있습니다.

세상에 존재하는 언어들은 너무나 아름답지만

때로는 언어가 언어에게 언어를 물었을 때
언어 아닌 언어로 대답을 할 수밖에 없기에
언어 밖의 적당한 언어를 선택하려
또 다른 언어로 가장된
무수한 생명력 있는 존재들을 바라만 보게 됩니다.

도시 시내버스와 시골 시내버스

어제 오전에는 도시 시내버스를 탔었고
오후에는 시골 시내버스를 탔었습니다.

도시의 시내버스를 탔더니
곱디고운 목소리의 안내 방송은
들리지도 않게 소리가 무지 작았습니다.

반면 시골 시내버스를 탔는데
귀청이 떨어질 정도로 어찌나 소리가 크던지요.
정류장 이름이 방송으로 나올 때마다
귀가 아플 지경이었습니다.

지금 이 순간, 당신이 가장 소중합니다

또 도시의 시내버스에 있는
두 자리 석에 앉은 사람들은
안쪽부터 자리를 채워서 앉았습니다.

반면 시골 시내버스의 두 자리 석에 앉으신 분들은
모두다 바깥쪽에만 앉아 계셔서
뒤에 타는 사람들이 자리가 있어도 앉을 수 없는 좌석에
당황해하는 모습들을 볼 수 있었습니다.

이런저런 번뇌를 하다 보니
어느새 목적지에 당도했더라지요.

하지만 한 가지,
시골 시내버스는 다리 아픈 할머니께서
버스에 오르고 자리에 앉을 때까지

혹은 저 멀리서 걸어오고 계신 할머니들을
끝까지 기다려 줍니다.

들키고 싶지 않은 비밀

누구에게나 남에게 들키고 싶지 않은
자기만의 공간과 비밀이 있습니다.

정말 사랑하는 사람이 있는데
사랑하는 사람에게 아팠던 자신의 과거와
지금과는 사뭇 다르게 느껴질 수도 있는
어두운 내 상처를 드러내게 되면

혹시 색안경을 끼고 나를 바라보지나 않을까 하는
두려움들도 동시 동반하게 됩니다.

진정으로 사랑한다면 그 사람을 믿어 보세요.
믿고 자신의 짐을 덜어 가져 보세요.

지금 이 순간, 당신이 가장 소중합니다

말할 때는 몰라요.

감정이 북받치는 밤에
사랑하는 사람에게 다 털어놓아 버리고
개운한 아침 눈부신 아침 햇살을 맞이해 보세요.

마음의 짐이 훨씬 덜어지고 어두운 막이 밤새 사라져
또 다른 차원의 행복을 향해 나아가고 있는
자기 자신을 마주하게 될 것입니다.

가까이 그리고 아래로
좀 더 내려가 보세요

참 신기하지요.

조그마한 공간에서 눈알만 이리저리 굴려도
세상 돌아가는 모습이 보이고
이곳에서는 무얼 하고
저곳에서는 무얼 하는지 보입니다.

그러다 조그만 검은 점처럼 찍혀 있는 사람에게도
조심스레 눈길이 갑니다.

산중에 있다 보면 좀처럼 잘 볼 수 없는 것이 사람입니다.
도심지로 나오니 이젠 자연스럽게
산천초목뿐 아니라 사람들도 같이 볼 수 있게 되었습니다.

지금 이 순간, 당신이 가장 소중합니다

하지만 높은 건물 위에서 내려다보고 있으니
많은 걸 볼 수 있을지는 몰라도
좀 더 자세히 볼 수가 없습니다.
내가 만일 저기 보이는 해운대 백사장으로 걸어간다면
지금 내려다보이는 저 사람들과 마주하게 될 것입니다.

그렇다면 저 사람들이 입고 있는 옷과
생김새를 분명히 알게 될 것이고
내가 말을 건넨다면
그 사람들의 목소리도 듣게 될 것입니다.

대화를 나누게 된다면
그 사람들이 가지고 있는 생각을 알게 될 것이고
포옹을 하게 된다면 그 사람들의
따스한 온기를 느낄 테지요.

사람뿐만 아니라 모든 존재들이 마찬가지입니다.
멀리 그리고 높게 있을 때는 미처 알지 못했던 것들도
가까이 다가갈수록 아래로 더 내려갈수록
그 존재들의 아름다움과 진실에 눈을 뜨게 됩니다.

백발의 할아버지

오늘 BTN 라디오 생방송을 마치고
다시 내려오는 기차 안에서 우연히
백발의 할아버지를 한 분 뵙게 되었습니다.

창밖으로 지나 보이는 건물과 나무와 도로와 사람들을
신기하게 쳐다보시는 할아버지의 그 모습이
그렇게 아름다울 수가 없었습니다.

할아버지의 삶에 가장 아름다웠던 순간
그리고 시련과 고통의 순간
그리고 너무나 행복했던 순간들이

이제는 하얗게 변해 버린 머리카락 속에
담겨 있다는 생각이 문득 지나가면서

지금 이 순간, 당신이 가장 소중합니다

할아버지께서 앞으로도
행복하시고 건강하게 오래오래
사셨으면 좋겠다는 생각이 들었습니다.

모두들 그렇게
행복했으면 좋겠습니다.

지하철에서 만난 관음보살님

수행자들은 화려하지 않은
수수한 차림의 먹물 옷을 입습니다.

비록 먹물색의 낡고 허름한 옷을 입지는 않았더라도
진정 평화스럽고 매사에 긍정적이며
절제와 침묵을 지킬 줄 알고
삶을 감사히 여기며 생명을 귀히 여길 줄 아는
이런 사람은 진정 수행자입니다.

저는 오늘도 버스 정류장에서
버스 안에서 그리고 지하철 안에서
수많은 수행자들을 만났습니다.

지금 이 순간, 당신이 가장 소중합니다

혼잡함과 바쁨의 아침 가운데서
고요히 자기 자신을 지키고
내면을 들여다보는 동시

현실에 부딪히는 곳곳에서
자비를 행할 줄 알고
자신을 낮추는 겸손과 공경을 행하는
수많은 사람들이 있었습니다.

마치 환한 등불이 어두운 방 안에 홀로 가만히 있지만
존재 그 자체만으로도 주변을 환하게 밝혀 주듯

그런 수행자 단 한 명으로 인해서도
일체 공간이 밝아져 옴을 느낄 수 있었습니다.

아름다운 '진정한 것'

스리랑카에 온 지 벌써 며칠이 지났습니다.
다른 일정이 있었지만
그 전에 먼저 스리랑카에 들를 일이 있어
콜롬보에 온 지 벌써 나흘이 흘렀습니다.

처음 보는 제게 마치 오랜 친구인 양
스스럼없이 말 걸어 주시는 분들.

음식이 입에 맞는지 안 맞는지 일일이 물어봐 주시고
고기를 먹지 못하고 당근만 집어다 먹고 있으니
당근만 골라다 테이블까지 가져다주시던
친절하신 식당 직원분.

지금 이 순간, 당신이 가장 소중합니다

길을 걷다 무슬림을 포함한
타 종교인도 너무나 많이 보았지만
아름다운 '진정한 것' 앞에서는 종교란 없었습니다.

종교를 떠나 아름다운 '진정한 것'

지극히 어떠한 현상에서 보인 단면적이 부분일지라도
어쩌면 이 단면적인 부분들이 긍정의 세상 앞에서는
모든 전체적인 부분들을 함축하고 있을지도 모릅니다.

오늘은 살아가는 모든 존재들의
아름다운 '진정한 것'을 다시금 생각하며
행복하길 기원합니다.

위로

잘하고 있다는 말 한마디가 바꾸는 인생
따뜻한 인사 한마디가 주는 감동
함께 비를 맞아 주는 도반

잘하고 있다는
말 한마디가 바꾸는 인생

정말 각별히 친하게 지내고 있는 누군가가
어떠한 일을 상의 없이 진행했을 때
다소 서운함이 들 수는 있습니다.

하지만 그 누군가의 인생이기 때문에
굳이 나와 상의를 하지 않아도 되는데

우리는 친하면 뭐든 털어놓아야만 한다는
착각을 하고 삽니다.

분명 그 누군가에게도 어려운 결정이었기에
굉장히 고심을 했었을 것입니다.

누구에게나 일일이
다 말하지 못할 만한 사정이 있어요.

또 거기에 그 사정이 뭐냐는 물음은
상대를 또 한 번 깎아내리는 행동입니다.

이미 벌여진 일에는
혹 나중에 사실을 알았다 하더라도
질책은 하지 마세요.

걱정이 된다면 지켜보고 있다가
훗날 조금씩 말해도 늦지 않아요.

처음에는 잘하고 있다고
잘 생각했다는 그 한마디가 고픈 것입니다.

모든 청년들은 이제 인생을 시작하는 단계입니다.
먼저 살아 본 어른들의 걱정은 당연한 것이지만
청년들 또한 다 큰 성인이기에 실패해도, 성공해도
모든 것이 각자의 인생 공부가 되는 때입니다.

겪어 봤기에 이미 알고 있다 하더라도
다소 안타까운 마음이 들더라도
그저 응원해 주고 지켜봐 주세요.

지금 이 순간, 당신이 가장 소중합니다

이미 지나온 시절이라 이제는 기억도 안 나고
내 입장만 생각이 되고
그 시절 똑같은 입장에 있었을 때의
내 감정을 비록 잊어버렸을지라도

그때 오히려 가장 친한 이에게
걱정보다는 믿음과 용기를 얻었더라면
더 큰 인생을 살았을지도 모르겠습니다.

누구에게나 일일이 다
말하지 못할 만한 사정이 있어요

따뜻한 인사 한마디가 주는 감동

삶이 아름다운 것은
매 순간 감동이 있기 때문입니다.
오늘도 저는 또 한 번의 감동을 받게 되었습니다.

아침 기차를 타야 하는데 시간이 빠듯하여
기차역까지 택시를 타게 되었습니다.

잠시 후 저를 보자마자 건네주신
택시 기사 거사님의 친절한 아침 인사에
오늘 하루가 너무나 행복할 것 같았습니다.

또한 광안대교를 지나며 통행료를 내는데도
아주 반갑게 매표 보살님께도 인사를 건네시는
우리 택시 기사 거사님.

창문을 내리고 통행료를 내는 그 찰나의 순간에도
서로에게 웃음의 인사를 건네던 그 모습은
최고의 감동으로 다가왔습니다.

비가 오나 눈이 오나 더운 날에나 추운 날에나
창문을 열며 통행료를 받으시고 잔돈을 거슬러 주시는
매표 보살님의 찰나 인사 또한
그 길을 지나는 모든 사람들에게는
보살의 미소가 됩니다.

우리는 상대의 웃음과
친절한 아침 인사 한마디에도
금세 행복해집니다.

이렇게 행복은 일상 어느 곳에나 있습니다.

우리는 이러한 감동을
모든 이들에게 전해 줄 수 있는
행복한 존재들입니다.

함께 비를 맞아 주는 도반

오늘은 비가 부슬부슬 내리네요.
내리는 비를 보니 괜스레 마음이 고요해집니다.

아주 소소한 이야기를 하나 해 볼까 합니다.
예전에 제게 한 친구가 있었습니다.

비 오는 날 우산 없이 걸어가는 제게
그 친구는 우산을 같이 쓰자고 하더군요.
그때 참 고마웠습니다.

절집에 들어온 지
흔히 말하는 금강산이 한 번 변해 갈 즈음이 되었네요.

지금 이 순간, 당신이 가장 소중합니다

절집에 들어오니 우산을 씌워 주는 도반 한 명 없었습니다.
대신 그 도반은 함께 그 비를 맞아 주었습니다.

그때 그 도반에게
인간적으로 참으로 큰 가르침을 얻었지요.

아주 소소한 제 얘기였지만
어느 누군가에게
마음의 작은 위로가 되었으면 좋겠습니다.

13

사랑

사랑
지금 이 순간, 그 사람이 너무나 소중합니다
무질서 속의 질서

사랑

내 기도는 그대의 심점에서 시작되어
그대 마음 한 점에서 멈추어 버립니다.

멈추는 까닭은
일렁이는 그대 마음의 파도 소리에
한번 귀 기울여 본다는 뜻이고
그대 마음에 지는 석양을
한번 바라본 까닭입니다.

그대는 내가 난 숨자리였고
긴 여행 후 내 심점이 돌아갈 궁극의 귀의점.

사랑이 아름다운 것은
이미 그대라는 우주에 가기 전
사랑의 허상이 무참히 깨어져 버리는 까닭이요.

별 빛나는 깜깜한 우주 밤하늘
텅 빈 충만함의 그대 심점에 공허 그 자체로
새벽의 향기 같은 푸르름을 내는 까닭입니다.

내 영혼이 한 번 울 때
그대 마음 한 점으로 다시 들어가겠지요.

지금 이 순간,
그 사람이 너무나 소중합니다

누군가 제게 오늘 저녁
어디를 같이 가자고 말했습니다.

미국에서 오신 저와 친분이 있는 분이셨는데
제게 저번에도 어디를 같이 가자는 말씀을 하셨었지요.

그땐 제게 당장은 아니지만 며칠 뒤 있을 일 준비로
정신적 여유가 없어서 거절을 한 적이 있었습니다.

생각해 보면
그렇게 여유가 없는 것도 아니었는데 말입니다.

오늘은 이분의 제안에
꼭 같이 가 보자란 말씀을 드렸습니다.

이분이 내게 같이 어디를 가자고 말하는 순간은
과거에도 미래에도 없는 지금 이 순간뿐임을 생각하니
너무나 소중하게 느껴졌지요.

우리는 막연히
지금 이 순간이 가장 소중하다고
수없이 떠들고는 다니지만

정작 살아가는 동안 닥치는 순간 속에서
그 소중함을 안일하게 지나치고 있는 것은
아닌지 모르겠습니다.

사랑하는 내 가족을 위해 일을 시작했다 하더라도
점점 지쳐 가는 일상에
일이 주가 되고 가족이 객이 되어 버린 것은 아닌지.

사랑하는 사람들과 함께할 수 있을 때
아낌없이 사랑을 베풀고 나눌 수 있었으면 좋겠습니다.

무질서 속의 질서

환경에 따라 우리 기준으로 정해 놓은
질서를 벗어난 무질서 공간 속에서

그 속에서만 가능한 질서가
또 달리 존재한다는 걸 알았습니다.

완전히 되는 것도 없고
아예 안 되는 것도 없으며

무질서 속에서 너도 나도 서로를 존중해 주며
질서를 지켜 나가는 그 모습이 참 아름답습니다.

지금 이 순간, 당신이 가장 소중합니다

질서든 무질서든 그의 근본은
자비와 사랑 그리고 정직입니다.

그 속에서만 가능한 질서가
또 달리 존재한다는 걸 알았습니다

14

원력

종교의 본질은 평화와 행복입니다
밤이 깊으면 별은 더욱 빛납니다
흐르는 강물처럼 그저 '할 뿐'
최대한의 사랑과 존재에 대한 배려
'현생'이라는 길을 걷다 마주친 내가 꿈꾸는 세상
누구도 뿌리내리지 않으려 하는 그곳에서 만나서
연탄 한 장
보살행
당신

종교의 본질은 평화와 행복입니다

사람마다 종교를 가지는 이유는 다양합니다.
그 이유는 너무나 다양하기에
일일이 이야기할 수는 없습니다.

하지만 우리가 망각하지 말아야 할 한 가지는
모든 종교의 본질이 바로 평화와 행복이라는 것입니다.

불교든 기독교든 천주교든 그 어떤 종교든
지향하는 방향은 모두 같다는 사실입니다.

자신들의 종교만 최고라 여기어
다르다는 이유만으로 타종교를 업신여기고
교만한 마음을 품어 억누르려 한다면

지금 이 순간, 당신이 가장 소중합니다

그것은 종교라는 오류에 빠져
이미 종교가 지닌 고유의
명분을 상실해 버린 것입니다.

물론 종교마다 방편은 다를 수가 있습니다.
하지만 그 방편조차도 서로 인정해 주어야 합니다.

우리는 같은 땅 위에 두 발을 디디고
두 눈으로 같은 하늘을 바라보며
두 콧구멍으로 같은 우주 공기를 마시며
같은 시대를 살아가는 똑같은 사람들입니다.

종교라는 이름에 속지 말며
종교를 떠나 모든 사람들이
평화롭고 행복했으면 좋겠습니다.

밤이 깊으면 별은 더욱 빛납니다

"이 말은 밤하늘의 이야기일 뿐만 아니라
어둔 밤길을 걸어가는 수많은 사람들의 이야기입니다.
밤이 깊을수록 별이 더욱 빛난다는 사실은
힘겹게 살아가는 모든 사람들의 위로입니다.

몸이 차가울수록 정신은 더욱 맑아지고
길이 험할수록 함께 걸어갈 길벗을 더욱 그리워합니다.

맑은 정신과 따뜻한 우정이야말로
숱한 고뇌와 끝없는 방황에도 불구하고 그 먼 길을
함께하는 따뜻한 위로이고 격려이기 때문입니다."

– 신영복 저서 『처음처럼 』중에서

지금 이 순간, 당신이 가장 소중합니다

신영복 교수님과의 인연은 10년 정도 되었습니다.
제게 15살은 인생의 큰 반환점으로
『나무야 나무야』, 『감옥으로부터의 사색』을 읽고
그분의 가치관과 사상을 확립하던 시기였기도 합니다.

시대의 아픔과 함께하는 삶,
아픔을 외면치 아니한 삶을 최대 가치로 두셨던
그분의 순수하고도 열정 넘치는 소신이
제겐 아주 큰 힘이 되었습니다.

아마도 제게 사유와 사색의 시작은
그분이 쓰신 책을 기점으로 시작되었던 것 같습니다.

지금은 이미 세상을 떠나 고인이 되셨지만
그분이 지니셨던 세상을 향한 따뜻한 마음들은
모든 이들의 가슴에 한 폭 한 폭 내려앉아
더 맑고 아름다운 세상으로 변해 갈 것입니다.

흐르는 강물처럼 그저 '할 뿐'

흐르는 강물이 본래 지닌 성품은
어디에도 안주하지 않고
가장 낮은 곳으로 흘러갈 뿐입니다.

사람도 이러한 흐르는 강물과 같아야 합니다.

흐르지 않는 강물은
어느 한곳에 고여 썩은 물에 불과할 뿐이지만

흐르는 강물은 흘러 흘러
마침내 가장 넓은 바다와 일체가 되어 버립니다.

지금 이 순간, 당신이 가장 소중합니다

사람도 온기를 품은 채 그저 흘러가다 보면
마침내 '혼자'만의 세상이 아닌
더불어 '함께'라는 멋진 세상에 이르러집니다.

좋아도 힘겨워도 기뻐도 슬퍼도
어려워도 그저 '할 뿐'입니다.

최대한의 사랑과 존재에 대한 배려

살아가면서 우리는 수많은 사람들과 마주하고
그 속에서 진정한 사랑을 만납니다.

이 세상에는 그 사랑을
원동력으로 만나는 존재들이 너무나 많은데

아직 미숙한 우리의 사랑으로 인해
사랑하는 이들이 방황하고 괴로워할 때가 있습니다.

그 순간 우리가 할 수 있는
최대한의 사랑과 존재에 대한 배려는
우리가 우리의 자리를 반듯하게 지켜 가며
그저 멀리서 그 존재를 바라다볼 뿐입니다.

지금 이 순간, 당신이 가장 소중합니다

종교는 바로
사랑과 친절과 자비의 결정체입니다.

때로는 그 어떤 말보다 그 어떤 행동보다
적절한 상황을 지켜보며
기다리지도 바라지도 보채지도 않고
있는 그대로의 상황에서
사랑의 마음만을 고요히 간직하는 것이
더 좋을 수 있습니다.

순간의 이기심으로 인해
우리가 사랑하는 사람들에게
더 큰 슬픈 짐을 얹어 주진 마세요.

호흡이 이어지는 그 찰나만을
생이라 여기고 살아갈 수밖에 없는 우리네 인간사에
사랑할 수 있는 시간은 생각보다 그리 많지 않습니다.

오늘도 모든 존재들에게
우리들의 사랑을 지그시 전해 봅니다.

'현생'이라는 길을 걷다 마주친
내가 꿈꾸는 세상

11살의 어린 나이에 저는 부모를 떠나
서당이라는 곳에 들어가 7년이란 세월을
훈장님 밑에서 공부를 해왔습니다.

그 나이에 가출도 여러 번 해 보고
방황도 수차례 하고

사춘기는 왜 그리도 빨리 왔는지
불안정한 가정 속에서
제가 스스로 결정한 일이었지요.

하지만 그 속에서도
관세음보살님 염주만큼은 늘 지니고 다녔습니다.
단 한순간도 제 팔목에서 빼지를 못했었지요.

지금 이 순간, 당신이 가장 소중합니다

제겐 어머니와도 같은 존재였기에
할머니가 늘 당부하고 또 당부한 것이
바로 관세음보살님이었습니다.

워낙 말을 안 듣던 천하 둘도 없던
자타 인정 꼴통이라 혼도 참 많이 났었지만

그때 훈장님 가르침 아래
온갖 일을 다 하며 몸으로 직접 부딪혀 가며 배우고 익히고
소학과 명심보감을 배운 것이 당시는 괴로웠을지라도

지금에서 보면 둘도 없는
다시 배울 수 없는
제 큰 자산으로 자리 잡게 되었습니다.

서당 바로 위 위치한 비구니 스님 암자에 법회 때는
봉사도 하고 피아노도 치며 과자 얻어먹으러 놀러 다니며
주지 스님 법문을 듣는 것이 인연이 되어 머리를 깎게 되었고
지금은 벌써 수많은 세월이 흘러 버렸습니다.

그 사이 저는 수원에 있는 봉녕사 승가대학에 들어가
참 많은 것을 배우고 익혔지만
처음엔 어찌나 고달프고 힘이 들었는지

서당에서 반승반속으로 이미 살아왔던 터였지만
1년차 때는 무단으로 산문 밖을 나오기도 하고
저로 인해 대중들이 발칵 뒤집어지기도 하는
별의별 일 참 많았습니다.

지금에 와서야 저를 따라 후배로 들어온 사제 스님에게는
나처럼 무단으로 나오기도 해 보고
공부할 땐 끝내 주게 용맹스레 하라 하고
일할 땐 내 몸 없다 하여 죽어라 해 보라 하기도 하지만

그때 그 시절엔 얼마나 힘들었는지
다시는 생각도 하기 싫었던 1년차였습니다.

하지만 익어 갈수록 2년, 3년, 4년이 지나니
순간순간의 소중함에 대해 깨달아 가기 시작했습니다.

지금 이 순간, 당신이 가장 소중합니다

깨달음이란 것이
'이제 깨달아야지'
하고 계획하고 오는 것이 아니라

'평상심시도'

바로 지금 내가 지어 나가고 있는 평상심이 바로
내가 그렇게 갈구한 깨달음임을
절실하게 느꼈던 때였습니다.

강원에서는 세상 그 어디에서도 배울 수 없는
너무나 큰 공부를 했었지요.

지금도 일상 속 모든 우주 만물들이 들려주는
그때그때의 진실한 심 법문을 매일같이 듣고 있습니다.

열리면 통하게 되어 있는데
그때는 아직 제 그릇이 너무나 좁아
이 모든 것을 담을 준비가 안 되어 있었지요.

이제는 조금씩 통하여
현재도 지어 나가고 있는 중이며
상구보리 하화중생의 길을
한 발자국씩 걸어 나가고 있는 중입니다.

정말 참된 불교.
더불어 함께하는 아름다운 세상.

높고 낮음 없이 누구나 행복하게 살아가는 세상 속에서
존재 스스로 깨달음을 향해 나아갈 수 있는 그런 불교.

거리에서 어울려 다 함께 평화롭고
그 자체가 불국토가 되는 세상.

맑고 너무나 청정하여
틈 없이 오로지 친절과 자비로 충만하여
누구나 미소 지어 행복할 수 있는 그런 세상.

불교란 것이 그 이름이 불교이듯
원래 이 모든 것이 충족되어 있는 그 자체

지금 이 순간, 당신이 가장 소중합니다

아름다운 진리의 세상으로
조금씩 기운의 흐름을 변화시켜 나아가고 있습니다.

함께하고 있는 우주 속 존재들의 영은 너무나 맑고
수를 가늠하자면 헤아릴 수도 없는지라
오늘도 세상은 더없이 맑고 너무나 향기롭고 행복합니다.

거리에서 어울려 다 함께 평화롭고
그 자체가 불국토가 되는 세상

누구도 뿌리내리지 않으려 하는
그곳에서 만나서

누구에게나 어려운 순간이 있습니다.
눈앞이 깜깜해질 때도 있습니다.

너무나 힘든 이 순간
그래도 희망을 잃지는 마세요.

그래도 당신은 사랑하는 사람들이 있고
또한 당신을 사랑해 주는 수많은 사람들이
존재한다는 그 사실 하나만으로도
위로가 되고 힘이 될 수 있습니다.

이런들 어떻고 저런들 어떻습니까.

지금 이 순간, 당신이 가장 소중합니다

오늘도 당신들을 사랑할 수 있음에
감사의 기도를 합니다.

그 사랑의 힘으로
오늘도 보이지 않는
안개 자욱한 이 길을 걸어갑니다.

내딛는 걸음걸음마다 모험이 되고
또한 도전이 됩니다.

승패를 알 수 없는 주사위를 던져
도가 나오든 모가 나오든
일단 던지고 봐야 하는 시점에 서 있습니다.

누구도 뿌리내리지 않으려 하는 그곳에
당신들과 함께라는 보이지 않는 희망을 가진 채
오늘도 뼈가 닳아질 것만 같은 안개비를 맞으며
한 걸음 한 걸음 내딛으려 합니다.

고개를 들어 봐요.

존재하는 모든 것들은
인생의 쓰라린 고통들을 감내해 가며
하루를 살아갑니다.

얼마나 감동적인지.

삶 자체가 바로 감동입니다.
그 속에서만 살면 보이지 않아요.

다들 고개를 들고
또 다른 삶의 현장을 보세요.

순간순간이 감동의 물결입니다.
우리는 일렁이는 파도 속의 감동의 결정체로서
오늘도 다이아 같은 눈물을 머금고
진주 같은 땀을 흘리며 순간을 살아갑니다.

연탄 한 장

삶에 대한 정의는
아마 각자 살아온 환경에 의해
서로 다르게 내려질 수 있습니다.

가수 안치환 씨의 노래 중에
〈연탄 한 장〉이라는 노래가 있습니다.

제가 참 좋아하는 노래임과 동시에
누구에게나 기도가 될 수 있는 노래이지요.

'삶이란 나 아닌 다른 이에게
기꺼이 연탄 한 장 되는 것.

지금 이 순간, 당신이 가장 소중합니다

방구들 싸늘해지는 가을 녘에서
이듬해 봄 눈 녹을 때까지.

해야 할 일이 그 무엇인가를
분명히 알고 있다는 듯이.

제 몸에 불이 옮겨 붙었다 하면
하염없이 뜨거워지는 것.

온몸으로 사랑하고 나면
한 덩이 재로 쓸쓸히 남는 게 두려워.

나는 그 누구에게 연탄 한 장도
되려 하지 못했나 보다.

하지만 삶이란 나를 산산이 으깨는 일.
눈 내려 세상이 미끄러운 아침에

나 아닌 다른 이가 마음 놓고 걸어갈
그 길을 나는 만들고 싶다.'

쌀쌀한 가을 녘 오늘도 저는
연탄 한 장의 길을 걸어가려 합니다.

지금 이 순간, 당신이 가장 소중합니다

한 줌의 재로 쓸쓸히 남을지언정
상구보리 하화중생의 원력을 마음속 고이고이 품고선
오늘도 기분 좋은 차가운 바람을 맞이해 봅니다.

보살행

무간지옥이 무서워
진정 보살의 사랑과 자비 행을 하지 못하는 것은

치아 썩는 게 두려워
성한 치아를 모두 뽑아내는 것과도 같고

내 몸에 암세포가 자라는 게 두려워
성한 몸에 그 어떤 음식도 섭취하지 않는 것과도 같습니다.

이것은 스스로를 파멸시켜 버리는
어리석은 길입니다.

우리는 이미 답을 알고 있고
그 과보 또한 알고 있습니다.

우리는 지혜의 판단에 따른 선택을 하면 되고
그 선택의 책임을 지면 됩니다.

불제자는 어리석음의 길을 자처하지 않으며
마음에 굳힌 일이 있다면 위험이 따를지언정 굴하지 않고
정견으로 정사유하여 정어, 정업을 행하며
정념으로써 꿋꿋하게 무소의 뿔처럼 홀로 나아가야 합니다.

우리는 이미 답을 알고 있고
그 과보 또한 알고 있습니다

당신

어떤 사람은 당신이라는 한 단어가
오직 그 '당신'만을 의미하는 것인지
의문을 가지기도 할 테지만

제가 늘 말하는 당신은
정말 당신이 될 수도 있고
지금 함께 살아가고 있는 이 시대
그리고 이 시대적 환경에서 나온
또 다른 모든 소중한 존재들.

직접적인 마주함이 아닌 것 같아 보이지만
어찌 보면 가장 마주되고 있는
세상의 소중한 모든 것들을 내포하고 있습니다.
책을 통해 치유될 수 있고

지금 이 순간, 당신이 가장 소중합니다

내가 치유됨과 동시에 나오는 따스한 숨결로
또 다른 모든 존재를 치유할 수 있는
소박하지만 아주 원대한 소망을 안고
오늘 하루도 모든 존재들이 행복했으면 합니다.

지금 이 순간,
당신이 가장 소중하고 가장 아름답고 가장 멋집니다.